그라운드의 사령관

그라운드의 사령관 6

예성 현대 판타지 장편 소설

초판 1쇄 찍은 날 | 2016년 10월 24일
초판 1쇄 펴낸 날 | 2016년 10월 31일

지은이 | 예성
펴낸이 | 예경원

기획 | 위시북스
편집책임 | 박우진
편집 | 이즈플러스

펴낸곳 | 예원북스
등록번호 | 제396-2012-000132호
등록일자 | 2012. 7. 25
KFN | 제1-034호

주소 | 경기도 고양시 일산동구 호수로 646-24 위너스21 II 빌딩 206A호 (우)10401
전화 | 031-819-9431 팩스 | 031-817-9432
E-mail | yewonbooks@naver.com

ISBN 979-11-5845-412-8 04810
979-11-5845-578-1 (set)

※ 이 도서의 국립중앙도서관 출판시도서목록(CIP)은 서지정보유통지원시스템 홈페이지(http://seoji.nl.go.kr)와 국가자료공동목록시스템(http://www.nl.go.kr/kolisnet)에서 이용하실 수 있습니다.

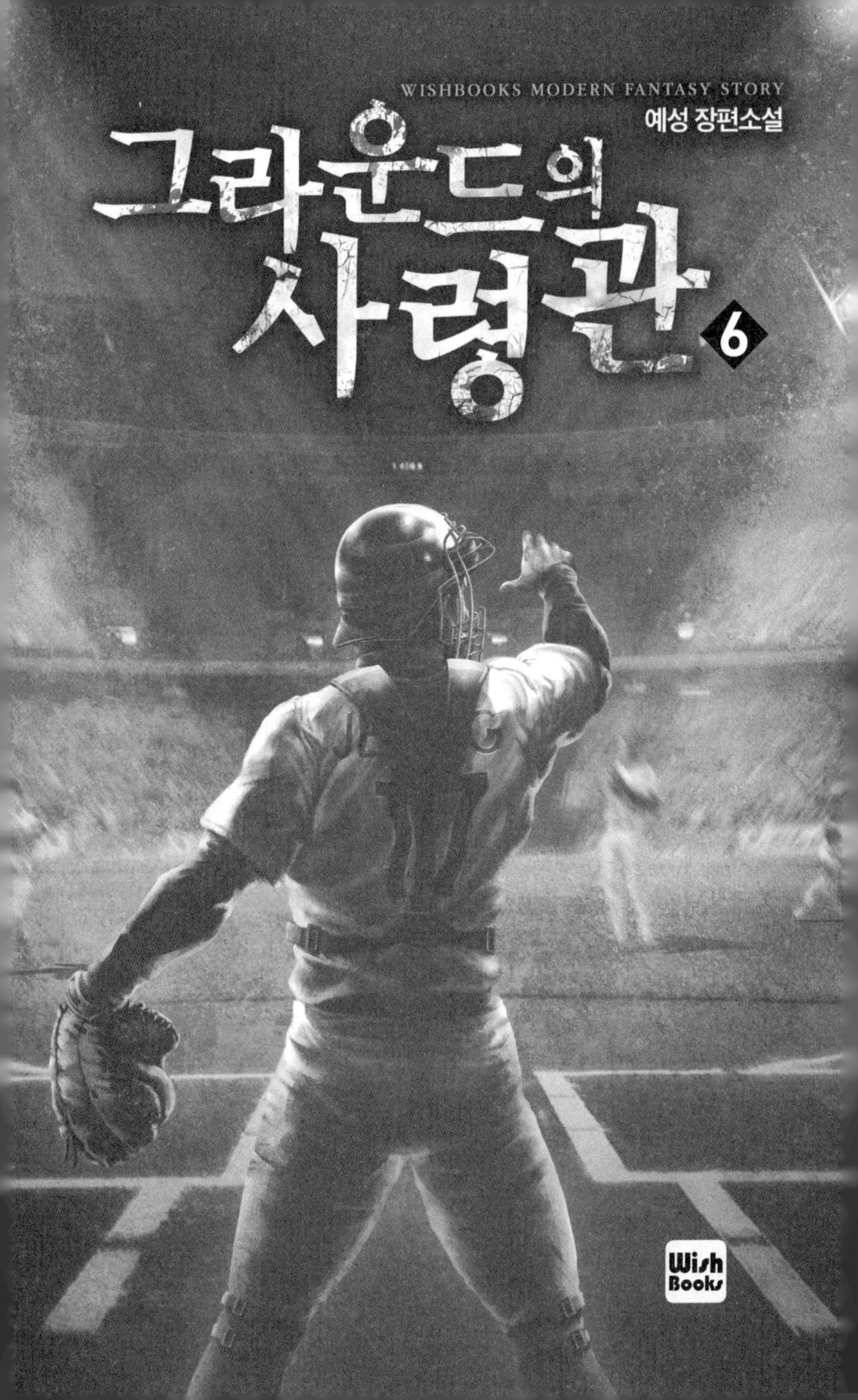
WISHBOOKS MODERN FANTASY STORY
예성 장편소설
그라운드의 사령관
6
Wish Books

CONTENTS

그라운드의 사령관

1장

시범 경기!

상대는 토론토 블루제이스였다.

메이저리그에서 유일하게 미국 이외의 국가인 캐나다가 연고지였다. 같은 아메리칸 리그의 팀으로 앞으로 자주 만나게 될 팀이었다.

경기 전. 찬열은 배터리 코치, 그리고 베켓과 함께 회의를 했다.

"두 사람이 호흡을 맞추는 건 처음이라 어색한 부분도 있겠지만 잘 맞춰 보자."

회의가 시작됐다. 오늘 연습에서 베켓이 좋았던 구종을 듣고 거기에 맞춘 전략을 짰다.

"토론토의 타격 능력은 평균이 조금 넘는다. 특히 테이블세터의 능력이 뛰어나니 조심하는 게 좋아."

"알겠습니다."

회의는 빠르게 진행됐다.

찬열은 베켓과도 다양한 이야기를 주고받으며 그의 오늘 컨디션을 파악하려 노력했다.

투수는 컨디션에 따라 어제와 오늘이 다르다. 그것을 빨리 파악하는 것에 그날의 경기 양상이 걸려 있었다.

다행히도 베켓의 컨디션은 좋은 편이었다. 농담도 하고 베테랑 특유의 여유로움도 보여주었다.

'오늘 경기는 잘 풀릴 거 같아.'

감각이 그리 이야기하고 있었다.

시범 경기를 앞두고 관중석이 가득 찼다.

오늘은 한국인 관중도 간혹 보였다.

김영재는 주변에 앉아 있는 관중들의 손에 들린 정찬열의 이름이 적힌 피켓을 보고 미소를 지었다.

'최근 활약을 이어가고 있어서 그런지 몰라도 한국인이 많이 보이네.'

플로리다는 대표적인 휴양지다.

한국인도 많이 찾는 곳이다. 그동안 한국 관중이 보이지 않았던 게 오히려 이상한 일이었다.

'오늘 경기에서 제대로 자리를 잡아야 한다.'

김영재는 오늘 경기가 매우 중요하다는 걸 알고 있었다.

메이저리그는 기회가 자주 오지 않는다. 많은 선수가 있었기 때문이다. 그렇기에 기회가 왔을 때 잡지 못하면 언제 다시 기회가 올지 몰랐다.

'한 방 날려 주면 가장 좋은데.'

2번의 시범 경기에서 찬열은 1홈런을 기록 중이었다.

타격감은 좋았다. 기대를 할 수 있는 이유였다.

그때 선수들이 그라운드로 들어왔다.

찬열도 보였다.

오늘 경기는 레드삭스가 홈팀으로 분류가 된다. 그래서 수비를 위해 보호 장구를 차고 그라운드에 섰다.

'한국인이 선발 포수로 그라운드에 서다니.'

이것만으로도 역사적인 일이었다. 아니, 앞으로 찬열이 걸어가는 모든 길이 역사가 될 것이다.

* * *

"플레이볼!"

심판이 게임 시작을 알렸다.

찬열은 타석의 웰스를 힐끔 바라봤다.

'정확도가 매우 높은 선수다. 무엇보다 루상에 나가면 베켓이 골치 아파지지.'

회의에서 토론토 선수들의 작년 성적을 확인했다. 동시에 배터리 코치와 함께 타자들의 성향에 관해서 연구했다. 매우 자세하게 설명해 준 덕분에 대부분의 자료가 머리에 들어 있었다.

'초구는…….'

찬열이 사인을 냈다.

베켓이 고개를 끄덕이고는 투수판을 밟았다.

숨을 고른 그가 와인드업을 했다. 있는 힘껏 뿌린 공이 미트를 향해 뻗어왔다.

펑—!

"스트라이크!"

바깥쪽 낮은 코스를 찌르는 완벽한 공이었다.

배트를 내밀기에는 너무 멀었다. 볼이 판정이 되도 이상하지 않을 코스였다.

하지만 구심은 스트라이크를 선언했다.

웰스가 이상하다는 듯 구심을 쳐다봤다. 그러나 1회부터 심판과 언쟁을 벌일 이유는 없었다.

이내 다시 타격 준비를 했다.

그 모습을 바라보는 프랑코나가 웃었다.

"하하! 초구부터 프레이밍으로 카운터를 잡아내다니. 대단한데?"

"프레이밍 하나만 놓고 보면 빅 리그급입니다."

배터리 코치가 말을 받았다.

프랑코나도 고개를 끄덕이며 동의했다.

"웰스 녀석 골치 아파지겠군. 저 코스가 스트라이크로 선언이 됐으니 말이야."

구심의 스트라이크존은 웬만해서는 바뀌지 않았다. 한 번 판정을 내리면 이후에도 비슷한 코스로 날아오는 공에는 같은 판정을 내렸다. 방금 전 공이 볼로 판정이 됐으면 타자에게 유리했을 거다. 하지만 스트라이크가 됐다.

웰스의 머리가 복잡해질 수밖에 없는 이유다. 그리고 찬열은 그 부분을 정확하게 공략했다.

'다시 한 번 바깥쪽, 구종은…….'

베켓이 고개를 끄덕였다.

같은 생각이었기 때문에 망설임이 없었다. 와인드업과 함께 뿌린 공이 매섭게 날아갔다.

방금 전과 같은 코스였다.

웰스의 배트가 돌았다.

간결하면서도 배트 스피드가 빨랐다.

궤적 역시 정확했다. 포심이라면 정확히 맞아 날아갈 스윙이었다.

하지만 홈 플레이트 앞에 도달한 공이 갑자기 바깥으로 휘어나갔다.

놀란 웰스가 한 손을 놓아 배트를 뻗었다.

딱-!

배트의 끝에 공이 맞았다. 하지만 제대로 된 스윙이 아니었다.

타구는 1루 라인을 타고 굴러갔다.

찬열은 빠르게 그러면서도 차분하게 마스크를 벗고 공을 잡았다.

어느새 1루 중반까지 달려간 웰스를 보고는 라인 안쪽으로 한 걸음 움직이며 공을 송구했다.

퍽-!

"아웃!"

가볍게 아웃 카운트 하나가 올라갔다.

'생각보다 발이 빠르다.'

웰스가 발이 빠르다는 건 알고 있었다. 한데 예상보다 더 빨랐다.

'게다가 아웃이 될 게 뻔한 데도 전력질주를 하다니.'

메이저리그 선수들은 언제나 최선을 다한다는 이야기를 자주 들었다. 그런데 눈앞에서 목격하니 실감이 났다.

"좋은 플레이였어."

"아, 고마워."

베켓이 와서 떨어져 있던 마스크를 주워 건넸다.

"리드 좋다. 그렇게만 가자."

"응."

두 사람의 호흡은 잘 맞았다. 덕분에 1회를 삼자범퇴로 마무리할 수 있었다.

경기는 투수전 양상이 됐다.

베켓은 2회까지 6명의 타자를 모두 범타로 돌려 세웠다.

토론토의 선발 할러데이 역시 명성에 걸맞은 피칭을 선보였다.

'할러데이의 투구를 눈앞에서 직접 보다니. 대단하긴 하네.'

로이 할러데이. 21세기 최고의 투수 중 한 명이었다. 포심, 싱커, 커터, 체인지업, 너클커브 등. 다양한 구종을 던질 줄 아는 투수였다. 특히 포심이 인상적이었다.

'공이 가라앉는 느낌이다. 무척 빠른 스플리터를 보는 거 같아.'

포심 패스트볼이라 하더라도 공은 가라앉는다. 하지만 할러데이의 공은 그 각도가 컸다. 스플리터를 연상케 했다. 문제는 할러데이가 체인지업까지 던진다는 것이다. 패스트볼처럼 오다가 뚝 떨어지기 때문에 가라앉는 포심과 혼동이 올 수 있다. 그러다 보니 삼진 비율도 높았다. 그런 투수를 상대해야 했다.

찬열은 떨리는 가슴을 진정시키며 타석으로 걸어 나갔다.

"플레이볼!"

심판의 콜과 함께 배터리가 사인을 교환했다.

그사이 찬열은 정신을 집중했다.

'후우-!'

숨을 몰아쉬자 주변의 풍경이 하나둘 사라졌다.

관중의 소리도 잦아들었다.

수비들 역시 모습을 감췄다. 이내 로이 할러데이만이 그의 눈에 들어왔다.

할러데이가 짧게 와인드업을 했다. 몸을 웅크렸다 테이크백을 하는 특유의 동작이 나왔다. 그리고 가볍게 공을 뿌렸다.

그 순간 할러데이의 모습도 찬열의 시선에서 사라졌다. 그의 눈에 들어오는 건 오직 야구공이었다. 맹렬하게 회전을 하며 날아오는 공을 본 찬열이 배트를 돌렸다.

후웅—!

퍽—!

"스트라이크!"

분명 궤적이 맞았다고 생각했다.

그런데 공이 가라앉았다.

'체인지업이었나?'

하지만 그게 아니었음을 2구에서 알게 되었다.

펑—!

"스트라이크!"

또다시 배트의 아래로 공이 지나갔다. 그러면서도 빠르다.

'포심이 이렇게까지 가라앉다니.'

차라리 스플리터라면 믿기라도 할 수 있다.

'골치 아픈데.'

지금의 스윙으로는 맞추기 어려웠다.

찬열은 타석에서 물러나 가볍게 배트를 돌렸다. 큰 스윙에서 간결한 스윙으로 바꿨다. 다시 타석에 선 찬열을 향해 할러데이는 연속해서 유인구를 던졌다.

3구는 너클커브. 밑으로 뚝 떨어지는 커브에 배트가 나갈 뻔했다.

4구는 싱커였다. 포심처럼 날아오는 공에 배트를 돌릴 뻔했다. 하지만 제구에 실패했는지 몸 쪽으로 일찍 꺾인 덕분에 배트를 멈출 수 있었다. 불리했던 카운트가 다시 동률을 이루었다.

'승부를 걸 거다.'

자신이 할러데이를 리드한다면 분명 그렇게 한다.

'어떤 공을 던지게 할까?'

1구와 2구 모두 포심을 던졌다. 그리고 타자가 헛스윙을 했다. 3구와 4구에서는 변화구를 던졌지만 모두 참아냈다. 선택의 폭이 좁아진다.

'한국에서라면 이런 상황에서 정면승부를 한다.'

하지만 여기는 메이저리그다.

찬열은 생각을 조금 바꾸었다. 그리고 결정을 내렸을 때.

할러데이가 공을 뿌렸다.

쐐액-!

공기를 찢으며 날아오는 공의 위력이 대단했다. 포심이 아니면 날 수 없는 소리다. 마치 유혹하는 것 같았다. 널 헛스윙하게 만든 포심이니 어서 배트를 휘둘러! 그렇게 이야기하는 것 같았다.

유혹을 참아내는 게 쉽지 않았다. 하지만 찬열은 자신의 생각을 믿었다.

그때 공이 밑으로 뚝 떨어졌다. 포심보다 각도가 컸다.

'체인지업!'

퍽-!

"볼!"

쓰리볼이 됐다.

"오호, 잘 참았는데?"

"그러게요. 로이의 체인지업은 신인이 참기 어려운 공일 텐데 말이죠."

"신인이 아니란 소리겠지."

프랑코나가 웃으며 타격 코치를 바라봤다. 확실히 좋은 선수다.

'선구안도 생각보다 좋다.'

할러데이라는 특급 투수를 상대로도 침착한 것도 마음에 들었다.

'포수로서의 능력도 수준급인 거 같고.'

프랑코나의 마음에 찬열이 자리를 잡기 시작했다. 그를 어떻게 기용하면 팀에 큰 시너지를 줄지에 대한 고민이 시작됐다.

그사이 할러데이가 와인드업을 했다.

'승부!'

풀카운트다.

도망치지 않을 것이다. 에이스의 자존심 때문이라도 승부를 할 것이다.

찬열은 그렇게 생각했다. 그렇기 때문에 일찌감치 스윙의 시동을 걸었다.

예상은 맞았다. 스트라이크 카운트를 잡아냈던 포심의 궤적을 그리며 공이 날아왔다.

'조금 더 낮게!'

찬열은 중심을 낮췄다. 자연스레 스윙의 궤적도 낮아졌다. 그러자 공과 배트의 궤적이 하나가 되었다.

따악-!

경쾌한 소리와 함께 공이 3루수의 키를 넘었다. 라인 안쪽에 떨어진 타구가 펜스를 때리고 다시 튕겨져 나왔다.

그사이 찬열은 1루를 돌아 2루로 달려갔다. 구를 잡은 아담 린드가 있는 힘껏 2루로 송구했다. 어시스트가 많은 편은 아니지만 어깨가 나쁘지 않은 린드다. 하지만 찬열의 발이 더 빨랐다.

좌악-!

슬라이딩과 함께 안전하게 2루에 안착했다.

"세이프."

"오오~!"

"저 선수 누구야?"

"정이었던가?"

경기장을 찾은 보스턴 팬들이 술렁였다.

김영재는 찬열을 보며 감탄하는 그들을 보며 뿌듯한 감정을 느꼈다.

'자식, 할러데이의 공을 쳐 내다니.'

찬열이 정말 대견했다.

이날 찬열은 9회까지 모두 책임졌다. 4번 타석에 들어서 2안타 1타점을 기록, 비록 홈런은 때려 내지 못했지만 확실하게 눈도장을 찍었다. 무엇보다 베켓과의 완벽 호흡이 프랑코나의 마음을 사로잡았다. 그리고 이게 계기가 되어 찬열은 시범 경기에서 선발로 나오는 횟수가 많아졌다.

기회를 잡은 찬열은 마치 고삐 풀린 망아지처럼 맹렬히 질주하기 시작했다. 그의 활약은 곧 고국인 한국에도 전해졌다. 처음에는 반신반의하던 야구팬들은 찬열의 활약이 꾸준히 이어지자 관심을 가지고 그의 활약을 지켜봤다. 그리고 홈런이 추가될수록 새벽에 잠을 자지 않고 그의 중계를 보는 사람이 하나둘 늘어났다.

언론 역시 찬열의 활약을 발 빠르게 전했다. 전에는 일주일에 두세 개 올라오던 그의 기사가 매일 수십 개씩 올라왔다. 덕분에 찬열의 부모님은 아들의 활약상을 바로 알 수 있었다.

"여보, 찬열이가 잘하고 있나 봐요."

"그러게 말이야."

아버지는 손에 들린 신문을 바라봤다.

레드삭스 유니폼을 입고 스윙하는 모습이 찍힌 아들이었다. 그 옆에 큰 글씨로 '시범 경기 3호 홈런 폭발!'이라고 써져 있었다.

'녀석, 그 낯선 곳에서 어떻게 적응을 하나 싶었는데…….'

잘해 나가고 있는 아들의 모습에 기특하면서도 미안한 감정이 앞서는 부모님이었다.

시범 경기가 막바지로 향했다.

프랑코나 감독은 찬열의 포수 기용을 압도적으로 늘렸다. 그로 인해 보스턴 지역지는 주전 포수를 배리텍이 아닌 찬열로 확정 지은 건 아니냐? 라는 기사를 냈다.

그 소식은 곧 한국에도 전해졌다. 한바탕 난리가 났다.

모든 이가 찬열의 활약에 열광했다. WBC 탈락으로 인해 침체되어 있던 야구계가 다시 살아난 것이다. 상황이 이렇게 되자 각 스포츠 방송국에서는 공격적인 취재를 했다. 특파원을 파견하고 특별 프로그램을 편성했다.

하지만 김영재가 모두 거절했다.

'지금의 찬열이는 야구에 집중해야 된다. 프로그램에 출연

한다고 해서 나쁠 건 없지만 만약이라는 게 있다.'

야구와 훈련을 하는 것만도 바쁜 찬열이다. 굳이 시간을 더 뺏고 싶지 않았다.

그사이 찬열은 레드삭스에 완전히 스며들었다. 이제는 동료들과 함께 농담도 하고 주변의 식당에 가서 밥을 먹기도 했다. 쇼핑을 하러 다니거나 객실에서 플레이스테이션을 즐겼다. 동료들과 친해지면서 투수들과의 호흡도 좋아졌다.

하지만 찬열이 친해지지 못한 사람이 딱 두 명 있었다.

그중에 한 명이 배리텍이었다. 아무래도 같은 포지션이고 주전을 놓고 경쟁을 하다 보니 자연스레 거리를 둘 수밖에 없었다. 배리텍 역시 찬열을 좋아하는 눈치가 아니었고 말이다. 하지만 크게 신경 쓰지 않았다.

'동료와 친하게 지내면 좋다. 하지만 상대가 날 별로 좋아하지 않는다면 그럴 필요는 없지.'

찬열은 배리텍을 크게 신경 쓰지 않았다. 하지만 배리텍은 아닌 거 같았다.

그가 오랜만에 마스크를 쓴 경기였다.

투수는 아직 유망주인 맥도날드다. 패스트볼의 구속이 좋은 선수지만 아직 제구력이 일정치 않았다. 결정구로 쓸 수 있는 변화구가 적다는 것 역시 약점 중 하나였다. 구종이 적은 투수는 그만큼 포수의 리드가 중요했다. 타자의 성향, 그날 투수의 상태를 빨리 파악해 리드를 하는 게 좋았다.

배리텍의 리드는 좋았다. 적은 변화 구도로도 볼 배합을 잘 해서 타자의 배트를 이끌어냈다.

문제는 3회에서 나왔다.

퍽—!

"빠졌다!"

홈 플레이트보다 한참 앞에서 떨어진 공이 배리텍의 가랑이 사이로 빠졌다. 1, 2루에 있던 주자들이 그 틈에 진루를 했다. 순식간에 원아웃에 2, 3루가 됐다.

'평소 하지 않는 실수인데.'

찬열은 배리텍의 블로킹 실패에 의아함을 느꼈다. 그동안 배리텍의 플레이를 하나하나 눈에 새겼던 찬열은 그가 뛰어난 포수임을 알고 있었다.

'비록 폭투에 가까운 공이긴 했지만 충분히 잡을 수 있는 공이었다. 한데 배리텍은 미처 대응을 하지 못했어.'

몸의 움직임이 둔했다. 포수가 저런 경우는 두 가지로 나뉜다. 완전 신인이거나 아니면 다른 생각이 많아서이다.

'후자인가…….'

최근 배리텍의 상황은 좋지 않았다. 팀 내에서의 입지는 점점 줄어들었고 그로 인해 스트레스를 받았다. 배리텍은 올 시즌 500만 달러에 재계약을 맺었다. 계약도 늦어져 2월이 되어서야 도장을 찍을 수 있었다. 작년까지 천만 달러를 받았던 선수의 연봉이 절반으로 깎인 것이다.

배리텍은 그로 인한 스트레스를 받았을 게 분명하다. 클럽하우스에서도 종종 그에 관한 이야기가 나왔다. 또한 보스턴의 행태를 보면 배리텍은 더 큰 압박을 받을 수밖에 없었다.

과거부터 보스턴은 베테랑에 대한 처우가 좋지 않았다. 연봉을 대폭 삭감하는 건 기본이고 은퇴시키는 일도 종종 있었다. 그런 상황에서 찬열이 등장했다.

자연스레 배리텍의 압박감은 더욱 커질 수밖에 없었다. 그리고 이런 생각이 확신으로 바뀐 건 이날 경기에서 배리텍이 연달아 범한 에러 때문이었다.

배리텍은 5이닝 동안 3명의 투수와 호흡을 맞추면서 첫 3이닝을 제외하고는 불안정한 모습을 보여주었다. 그리고 그런 모습은 프랑코나 감독의 신뢰를 잃게 만들었다.

찬열은 다음 경기에서 다시 마스크를 썼다.

마지막 시범 경기였다.

'이게 마지막 테스트다.'

본능적으로 알 수 있었다. 배리텍과 자신을 놓고 프랑코나 감독은 저울질을 하고 있었다.

투수는 마이너리그에서 주로 뛰던 신인 선수다.

이름은 해리슨. 제구력이 좋은 선수지만 구속이 떨어졌다.

'던질 수 있는 구종은 투심, 슬라이더, 커브 정도였나.'

결정구는 투심이었다. 우타자 기준 몸 쪽으로 휘어 들어오는 투심이 일품이라는 평가였다.

'평균 구속은 87마일, 잘 리드를 해야겠어.'

결코 빠른 구속이 아니었다.

시범 경기 마지막 상대는 미네소타다. 작년 시즌 디비전 시리즈까지 진출했을 정도로 최근 페이스가 좋다.

마스크를 쓴 찬열이 미트를 내밀었다.

'포심, 몸 쪽.'

사인을 내자 해리슨이 고개를 끄덕였다.

시범 경기 마지막 대결이 시작됐다.

* * *

찬열의 리드가 빛을 발했다.

해리슨의 장점인 제구력을 잘 활용했다. 타자의 심리를 잘 이용해서 볼 배합을 바꿔갔다. 간혹 폭투가 나오더라도 찬열은 안정적인 블로킹으로 해리슨이 불안해하지 않도록 했다.

백미는 4회였다. 무사 1루에 주자가 도루를 시도했다. 해리슨의 단점 중 하나인 퀵모션이 불안정하다는 걸 노린 것이다. 게다가 커브에 정확히 달렸다. 누가 보더라도 성공적인 도루로 보였다.

그 순간 공을 받은 찬열이 한쪽 무릎을 꿇으며 2루로 공을 던졌다. 해리슨이 던진 포심보다 더 빠르게 날아간 공이 글러브에 꽂혔다.

퍽-!

직후 주자가 슬라이딩을 하며 자동 태그가 됐다.

"아웃!"

"오오오오!"

관중석은 물론이거니와 동료 선수들도 놀랐다. 주자가 사라지자 해리슨은 4회마저 삼자범퇴로 처리하며 마운드를 내려왔다. 완벽한 피칭이었다.

그리고 7회. 2사 2, 3루의 상황에서 찬열이 타석에 섰다.

스코어는 2 대 0.

도망갈 점수가 필요한 상황이었다. 1구와 2구를 모두 변화구를 던져 카운트가 1볼 1스트라이크가 됐다.

찬열은 차분하게 정신을 집중했다.

투수가 공을 뿌렸다. 날아오던 공이 밑으로 뚝 떨어졌다. 커브보다는 각이 작았지만 날카로운 각도였다. 배트가 밑에서부터 위로 궤적을 그리며 공을 그대로 때려냈다.

딱-!

하늘 높이 올라간 타구가 그대로 담장 밖으로 날아갔다.

"넘어갔다!"

"엄청난 파워야!"

관중들이 일제히 감탄을 터뜨렸다. 그라운드를 도는 찬열을 바라보며 프랑코나 감독의 마음은 완전히 기울었다.

* * *

찬열의 소식은 곧 국내로 전해졌다.

[메이저리그 보스턴 레드삭스로 이적한 정찬열 선수가 개막전에 나설 가능성이 높아지고 있습니다. 마지막 시범 경기가 끝난 뒤 프랑코나 감독은 '매우 뛰어난 선수다. 개막전에서 마스크를 써도 이상하지 않다'라는 코멘트를 남겼습니다. 당초 많은 관계자가 베테랑 배리텍이 있어 개막전 선발은 어려울 것이란 전망을 내놓은 바 있습니다. 한편 시범 경기 일정이 마무리된 메이저리그는 4월 1일 개막전을 시작으로 대장정이 시작됩니다.]

* * *

보스턴으로 돌아온 찬열은 프랑코나 감독의 호출을 받고 구단으로 향했다. 사무실에 마주 앉은 찬열을 향해 프랑코나 감독이 이야기를 꺼냈다.

"개막전에서 베켓과 호흡을 맞출 예정이니 준비를 해두게."

"알겠습니다."

어느 정도 예상했던 일이다. 배리텍의 부진이 이어졌기 때문이다. 그 뒤로 개막전에 관한 정보를 얻은 찬열은 호텔로 돌아갔다. 옷을 갈아입고 침대에 털썩 누웠다.

"개막전 주전이라……."

꿈만 같은 일이다. 마이너리그에서도 개막전에 나선 것은 한 번밖에 없었다. 그만큼 자리를 잡지 못했던 그였다.

그런데 메이저리그라니?

간혹 그런 생각이 들었다. 이게 만약 꿈이라면? 그래서 갑자기 깨어나 현실로 돌아간다면 어떻게 될까?

'쓸데없는 생각은 하지 말자.'

상체를 일으켜 고개를 털었다. 잡념을 떨쳐 낸 찬열은 프랑코나가 준 정보를 토대로 개막전을 준비하기 시작했다.

2장

한국에서 온 괴물

보스턴 레드삭스의 개막전 상대는 템파베이 레이스였다. 기상 문제로 인해 4월 8일이 되어서야 개막전이 열렸다.

펜웨이 파크가 관중으로 모두 들어찼다. 열성적인 레드삭스 팬들답게 표는 일찌감치 매진이 됐다. 특히나 템파베이와는 악연이 있었다. 작년 시즌 레드삭스를 누르고 월드 시리즈에 진출했기 때문이다.

또한 제임스 쉴즈와 코코 크리스프의 난투극도 있었다. 레드삭스 팬들은 개막전에서 템파베이를 누르길 간절히 기원하고 있었다. 그리고 한국의 팬들 역시 마찬가지였다.

[전국의 야구팬 여러분 안녕하십니까? 이른 아침부터 인사드립니다.]

"오…… 시작한다."

새벽 5시. 평소라면 자야 될 시간이지만 이혜성은 TV 앞에 앉아 있었다. 채널은 당연히 스포츠채널이었다. 보스턴 레드삭스의 중계가 확정이 되면서 많은 야구팬이 TV 앞을 지켰다.

[레드삭스의 선발 명단입니다.]

화면이 바뀌면서 레드삭스 선수들의 얼굴이 각 포지션에 나타났다. 포수의 자리에는 익숙한 얼굴이 있었다.

찬열이었다.

"오오! 개막전 포수라니!"

정말 대단한 일이었다. 어려울 것이란 전망이 많았지만 찬열은 또다시 세간의 생각을 뒤집었다. 덕분에 개막전부터 많은 사람이 이른 아침부터 TV 앞을 지켰다. 이로 인해 기쁨의 비명을 지르는 건 방송국이었다.

"오늘 시청률 잘 나오겠는데요?"

"그러게 말이야. 추신성 선수도 나올 테니 정말 잘됐어."

작년 시즌 메이저리그의 평균 시청률은 1퍼센트가 채 되지 않았다. 하지만 올 시즌에는 정찬열이란 히든카드가 있었다.

'부디 잘해주기를 바란다…….'

메이저리그 시청률은 한국인 선수의 활약에 따라 큰 폭으로 변한다. 과거 박찬태를 비롯해서 많은 메이저리거가 활약을 할 때에는 웬만한 예능 프로그램만큼이나 시청률이 나왔다. 그러다 보니 중계권료는 기하급수적으로 상승했다. 하지만 메이저리거가 줄고 박찬태마저 하락세에 접어들자 시청률은 큰 폭으로 떨어졌다. 그러다 보니 방송국 PD들은 찬열의 활약에 촉각을 기울이고 있었다.

펵-!

[스트라이크! 아웃!]

[조시 베켓 선수, 1이닝을 깔끔하게 삼자범퇴로 마무리 짓고 마운드를 내려갑니다!]

[정찬열 선수의 볼 배합도 매우 좋았습니다.]

[더그아웃으로 돌아가는 베켓 선수와 주먹을 부딪치는 모습이 보기 좋군요.]

[팀에 빠르게 녹아든 모습입니다. 한국에 있을 때도 친화력이 좋기로 소문이 자자했던 만큼 미국에서도 별 무리 없이 적응을 한 듯합니다.]

[그렇군요. 1회 말 레드삭스의 공격으로 시작됩니다.]

찬열의 타순은 8번이었다. 보스턴의 타선이 워낙 강력했기에 타순이 뒤로 결정됐다. 덕분에 실망하는 팬들도 있었다. 하지만 찬열은 대수롭지 않게 생각했다.

'타순이란 건 언제든지 조절될 수 있다.'

크게 개의치 않았다. 자신이 잘하면 언제든지 위로 갈 수 있기 때문이다. 지금은 그저 역할에 충실하면 될 일이었다.

2회까지 양 팀은 점수를 내지 못했다. 투수가 모두 1선발이었기에 아무래도 투수전이 되는 양상을 보였다. 3회가 되어서야 양 팀 통틀어 첫 번째 안타가 터졌다.

그 주인공은 바로 찬열이었다.

따악-!

[이건 큽니다! 우익수 뒤로 이동합니다! 뒤로…… 뒤로……. 하지만 펜스에 막힙니다! 그리고 타구는…… 그대로 담장을 넘어갑니다!!]

[넘어갔어요! 대단합니다! 작년 메이저리그에서 14승을 올린 쉴즈를 상대로 첫 타석에서부터 홈런을 기록합니다!!]

"오오오오!"

이혜성이 박수까지 쳐가면서 감탄을 터뜨렸다. 아는 사람이 야구의 본고장 메이저리그에서 홈런을 쳤다는 사실이 무엇보다 기뻤다.

레드삭스가 기록한 첫 번째 홈런이 찬열의 손에서 만들어졌다. 두 번째 타석에서도 안타를 터뜨려 멀티히트를 기록한 찬열은 수비에서도 안정적인 모습을 보여주었다.

수많은 관중 앞에서 떨지 않으면서 에이스 베켓을 리드했다. 덕분에 베켓은 7이닝 1실점 8k라는 완벽한 투구로 마운드를 내려왔다. 승리투수 요건을 갖춘 베켓은 벤치에 앉아 찬열을 쳐다봤다.

'자식, 대단한데?'

오늘 피칭은 매우 편안했다. 고개를 저은 적이 없을 정도로 볼 배합이나 리드 모든 것이 마음에 들었다. 이렇게까지 자신의 마음을 잘 알고 있는 포수가 있었나 싶을 정도였다.

연이어 나온 계투들 역시 마찬가지였다. 원하는 코스에 미트가 있었다. 적절한 구종으로 상대 타자를 농락시켰다.

찬열과 투수들의 환상적인 호흡으로 레드삭스는 8회초까지 단 1점만 내준 채 상대 타선을 막았다. 하지만 템파베이의 투수들 역시 막강했다. 찬열과 오티즈에게 허용한 홈런을 제외하고는 점수를 주지 않았다. 달아날 점수가 필요한 상황이었다. 그리고 타석에 찬열이 들어섰다.

"정! 정! 정!"

레드삭스 응원단이 그의 이름을 연호하기 시작했다. 개막전에서 홈런을 터뜨린 루키이니 당연한 반응이었다.

'그나저나 응원 문구 좀 바꿔야겠는데. 사방에서 정이라고 외치니 적응 안 되네.'

이런 문화로 인해 웃지 못할 일이 생기기도 한다. 클리블랜드에서 뛰고 있는 추신성의 응원문구는 'Go! 추!'였다. 한국에서는 다소 민망할 수도 있는 응원문구였다.

'그나마 추신성 선수보다는 나을 수도 있지.'

김영재는 타석에 서는 찬열을 바라보며 기대감을 품었다.

찬열은 몰아치기에 능했다. 특히 연타석홈런 기록은 한국에서도 신기록을 세울 정도였다. 게다가 팀이 필요한 시점에서 그의 집중력은 매우 높았다.

'한 방을 더 기대해도 좋으려나?'

기대를 하는 건 김영재만이 아니었다. 회사에 출근한 이혜성은 휴게실에 설치되어 있는 TV 앞에 앉아 있었다. 근무시간임에도 불구하고 그의 곁에는 많은 동료가 있었다.

심지어는 단장인 이진구 역시 소파에 앉아 있었다. 단장실에도 TV가 있지만 응원은 여러 사람이 해야 된다면서 이곳으로 온 것이다. 처음에는 불편했지만 열정적으로 응원하는 그를 보며 다른 직원들 역시 편하게 응원을 했다.

'여기서 홈런을 치면…….'

그들 역시 찬열의 장점을 잘 알고 있었다. 그래서 은연중에 기대 중이었다. 타석에 서 있는 찬열은 매우 평온한 표정이었다. 그러면서도 눈은 사냥감을 노리는 맹수처럼 투수를 노려보고 있었다.

'언제 봐도 저 표정은 일품이란 말이지.'

찬열 본인이 아는지 모르지만 몇몇 투수는 찬열을 상대할 때 저런 모습에서 기가 죽는다고 사석에서 이야기를 한다.

그만큼 찬열이 주는 압박감은 컸다. 한국에서와 똑같은 모습으로 메이저리그 타석에 서는 것을 보고 놀라면서도 뿌듯했다.

[스트라이크!]

[초구 스트라이크존을 통과합니다. 통산 352세이브를 기록 중인

트로이 퍼시벌 선수, 노장임에도 여전히 강력한 공을 던집니다.]

[작년 시즌 부진하긴 했지만 여전히 템파베이의 클로저를 맡고 있는데요. 같은 리그의 선수이니 정찬열 선수와 올 시즌 자주 만날 수도 있습니다.]

[그렇군요. 2구 던집니다.]

찬열도 잘 아는 투수가 트로이 퍼시벌이다. 한때는 메이저리그에서 가장 강력한 패스트볼을 던진다고 불리던 선수다.

하지만 이제는 아니었다.

시대가 변했다. 그가 던지는 패스트볼은 더 이상 최고가 아니었다.

"흡-!"

찬열의 배트가 매섭게 돌아갔다. 정확한 히팅포인트에서 때린 공이 좌익수 방향으로 넘어갔다.

[강한 타구! 그린몬스터를 향해 날아갑니다!]

펜웨이파크의 명물인 그린몬스터.

수많은 홈런타구를 잡아먹은 말 그대로 괴물 같은 벽이었다. 다른 곳에 비해 무려 11m나 높은 펜스가 타구를 잡아먹을 것만 같았다. 하지만 찬열이 쳐 낸 타구는 총알처럼 녀석의 머리 위를 넘어갔다.

[넘어갑니다!! 첫 경기에서 멀티 홈런을 기록하는 정찬열!! 그린몬스터를 넘겨 버립니다!!]

* * *

개막전 MVP는 당연히 정찬열이었다.

그라운드에서 인터뷰를 하는 그의 모습은 전국에 생중계가 됐다. 당연히 한국에서의 반응은 열광적으로 변했다.

수많은 언론에서 그의 활약을 대서특필했다. 인터넷 커뮤니티에서도 찬열의 활약으로 하루 종일 게시물이 올라왔다.

이후 개막전에서 찬열의 활약은 계속됐다. 3연전 중 2경기를 선발, 1경기를 교체로 출전, 10타석 8타수 6안타 3홈런 2볼넷을 기록.

레드삭스 팬들조차 환호를 하게 만들었다. 첫 시리즈를 괴물 같은 활약으로 보낸 찬열은 맹질주를 시작했다.

4월 한 달간 무려 7개의 홈런을 때려냈다. 이는 한국인 월간 최다홈런 기록이었다. 또한 내셔널리그의 알버트 푸홀스의 홈런 기록과도 어깨를 나란히 했다.

찬열의 활약은 한국의 문화를 바꾸었다. 잠을 자야 할 새벽 시간 직장인들은 그의 경기를 보기 위해 TV 앞에 앉았다.

또한 포털사이트 실시간 검색어에는 아침마다 찬열의 이름이 단골처럼 올라갔다. 그의 스폰서인 퍼펙트코리아의 매출 역시 전년 대비 대폭 증가했다.

또한 추신성의 활약까지 겹치면서 한국 내 메이저리그 시청률이 천정부지로 솟았다. 덕분에 방송국들은 행복한 비명을 질렀다.

더 이상 찬열을 의심하는 사람들은 없었다. 그는 메이저리그에 적응을 완벽하게 해냈다. 모든 이를 놀라게 만들 정도로 빠른 시간에 말이다.

그 비결을 궁금해하는 사람이 많았다. 하지만 본인을 제외하고는 누구도 알 수 없을 것이다. 찬열이 이미 미국 생활을 바닥에서 8년이나 해 왔다는 걸 말이다.

그때의 밑바닥 생활이 있었기에 그는 첫 시즌부터 괴물 같은 활약을 이어갈 수 있었다. 찬열의 활약이 이어질수록 울상이 되는 곳이 있었다.

바로 일본이었다. 이유는 레드삭스에 마쓰자카가 있었기 때문이다. 한때는 일본의 에이스로 불리던 마쓰자카다. 메이저리그에 진출할 때만 하더라도 사이영상 후보라 불리며 노모 히데오가 가진 아시아 최다승을 깰 선수로 불렸다.

하지만 이제는 아니었다. 그는 부상으로 인해 최근 몇 년간 부진에 시달렸다. 올 시즌 재기를 꿈꿨지만 4월에 최악의 시즌을 보냈다. 게다가 찬열과도 호흡이 잘 맞지 않았다. 그래서 프랑코나 감독은 마쓰자카가 마운드에 오를 때는 배리텍을 내보냈다.

덕분에 찬열의 타석이 줄어들고 있었다. 찬열이 마스크를 쓰지 못하는 투수가 또 한 명 있었다.

바로 팀 웨이크필드였다. 레드삭스의 레전드 중 한 명이자 메이저리그 최고의 너클볼러였다. 21세기 최후의 마구라 불릴 정도로 너클볼은 종횡무진, 그 궤적을 예측할 수 없었다.

또한 포구하는 것도 어렵다 보니 전문 포수가 항상 로스터에 등록되어 있었다.

'한번 받아보고 싶은데…….'

찬열은 욕심이 났다. 메이저리그 역사상 최고의 너클볼러 중 한 명으로 꼽히는 웨이크필드다. 그의 너클볼을 직접 받아볼 수 있다는 건 매우 영광스런 일이었다.

또한 포수로서 욕심이 나기도 했다. 하지만 기회는 잘 오지 않았다. 찬열은 틈이 나면 웨이크필드의 투구 모습을 봤다. 그리고 포수가 어떤 식으로 포구하는지에 대해서도 연구했다.

하지만 기회는 쉽게 오지 않았다.

* * *

찬열은 단 2개월 만에 명실상부 아메리칸리그 최고의 타자 중 한 명으로 자리매김했다. 무려 13개의 홈런을 기록하며 2004년, 2005년 한국의 최우섭이 기록한 한국인 최다홈런에 근접했다.

하지만 5월에는 4월만큼의 임팩트를 보여주지 못했다. 4월 MVP가 된 찬열을 상대로 투수들이 신중한 대결을 하기 시작한 것이다. 변화구 승부가 많아지고 몸쪽과 바깥쪽을 적절하게 던지면서 까다로운 승부가 이어졌다.

그렇다고 찬열의 타격 메커니즘이 떨어진 건 아니었다. 오히려 차분하게 공을 지켜보며 사사구를 얻어 1루 베이스로 출루했다. 그런 모습에 보스턴 지역지는 찬사를 보냈다.

[개인의 성적보다 팀을 우선시하는 정찬열.]

[또다시 2개의 볼넷을 얻어낸 미스터 정.]

한 방은 줄었지만 그의 인지도는 더욱 높아졌다. 레드삭스에서 자리를 잡아가던 찬열은 원정길에 올랐다.

'원정길을 떠날 때마다 앉기는 하지만…….'

메이저리그 구단들은 이동할 때마다 전세기를 타고 이동한다. 레드삭스는 거기에서 한발 더 나가 전용기를 따로 보유하고 있었다. 게다가 메이저리그 선수들은 협약에 의해 모든 좌석이 퍼스트클래스로 제공이 된다.

당당하게 주전 자리를 차지한 찬열 역시 퍼스트클래스에 앉아 있었다. 한쪽에서는 포커게임이 한창이었고 다른 한쪽에서는 음식을 먹는 선수들도 있었다. 벌써부터 맥주캔을 따는 선수도 있었다. 무척이나 자유로운 분위기였다.

'나도 밥이나 먹자.'

찬열도 기내식을 시켜 배를 채우기 시작했다.

잠시 후, 비행기가 착륙했다.

레드삭스 전용기가 도착한 곳은 존 F. 케네디 국제공항이었다. 공항을 빠져나가 호텔에 도착한 찬열은 휴식을 취하다가 한 통의 전화를 받고 로비로 나갔다. 그리고 거기에서 화려한 외모의 여인을 발견했다.

"안젤라."

"정~ 오랜만이야."

안젤라가 양팔을 벌리며 그에게 다가왔다. 가볍게 포옹하고는 떨어졌다.

"밥은 먹었어?"

"아니! 이 호텔에 맛있는 레스토랑이 있어. 거기서 먹으려고 밥 안 먹었지!"

"그래, 그럼 가자."

안젤라가 팔짱을 껴왔다. 물컹한 가슴의 느낌이 썩 나쁘지 않았기에 찬열은 애써 팔을 빼지 않았다. 엘리베이터에 오르자 안젤라가 말을 쏟아냈다.

"정! 대단해! 설마 메이저리그 1년 차에 그런 활약을 할 줄은 꿈에도 몰랐어!"

"그래?"

"응! 우리 잡지사도 난리가 났어. 도대체 어디서 이런 선수가 튀어나왔냐고. 그러면서 한국야구에 대해서 취재를 하라는 윗선의 이야기도 나왔어!"

"정말?"

안젤라가 고개를 끄덕였다.

"우리 잡지사만이 아니야. 많은 메이저 언론에서 한국야구에 대해 관심을 가지기 시작했어. 당장 움직임은 없겠지만 이것만으로도 대단한 일이야."

딩동—!

엘리베이터가 도착했다. 문을 내리자 바로 레스토랑 입구가 연결되어 있었다. 찬열을 알아본 직원은 두 사람을 시티뷰가 보이는 자리로 안내했다. 각자 먹고 싶은 요리로 주문을 한 뒤 대화를 계속했다.

"도대체 어떻게 하면 그렇게 빨리 팀에 녹아들 수 있는 거야? 모든 사람이 궁금해하고 있어!"

"레드삭스 선수들이 좋은 사람들이지."

"에이~ 그건 아니다."

레드삭스의 클럽하우스 분위기는 많은 이가 알고 있다. 찬열의 말대로 그렇게 좋은 사람들은 아니었다.

"참, 저번에 계약할 때 옵트아웃 조항 넣지 않았어?"

"응."

"이 페이스라면 올 시즌이 끝나면 바로 옵트아웃을 행사할 수 있지 않아?"

안젤라가 눈을 빛내며 물었다.

"하하, 설마 시즌 막판까지 이런 페이스를 유지할 수 있을 거 같아?"

"하긴, 그건 그렇다."

안젤라도 야구를 알고 있었다. 그렇기 때문에 선수의 페이스가 얼마나 들쑥날쑥한지 알았다.

"그래도 정말 멋지겠다. 첫 시즌부터 60홈런을 기록하고 다시 한 번 FA를 선언하면……."

마치 그 장면을 상상하듯 안젤라가 허공을 주시했다.

"그럼 레드삭스는 찬열의 연봉으로 1년에 1,650만 달러를 쓴 게 되네?"

"푸흐흡, 그러네?"

레드삭스는 5년 동안 계약을 유지할 걸 예상하고 1,500만 달러의 포스팅 비용을 썼다.

한데 1년 만에 옵트아웃을 선언하면? 찬열에게만 1,650만 달러의 돈을 쓴 게 되는 것이다.

"정말 멋지겠다. 60홈런을 기록하면 연봉도 엄청나게 상승할걸!"

상상만 해도 좋은지 안젤라가 환한 미소를 보였다. 그러다 무언가 생각이 난 듯 물었다.

"참, 양키스타디움은 처음이지?"

"응. 저번에는 양키스가 어웨이였으니까."

"그럼 놀라지마. 양키스타디움에서는 환호 같은 건 기대하면 안 돼."

"그 정도야?"

"말도 마. 정말 두 팀은 앙숙이라니까."

찬열은 안젤라의 이 말이 무슨 의미인지 다음 날 직접 느낄 수 있었다.

뉴욕 양키스.

일명 악의 제국이라 부르는 메이저리그 명문팀이다.

'돈으로 우승을 산다'라는 말이 있을 정도로 양키스는 엄청난 돈을 선수 영입에 사용한다. 실제로 월드 시리즈 최다 우승팀이 바로 양키스였다.

당연히 응원하는 팬도 많았다. 문제는 팬만큼 안티 역시 많다는 점이다. 그들과 앙숙인 팀도 다수 있었다. 그중에 하나가 바로 보스턴이었다. 역사적으로 보더라도 양 팀은 악연으로 엮어 있었다. 특히 베이브 루스라는 전설적인 선수를 트레이드 한 뒤 우승을 못한 일은 밤비노의 저주라는 이름으로 불릴 정도였다.

또한 1949년 정규 시즌 우승을 코앞에 둔 레드삭스를 양키스가 연승으로 눌러 시리즈 우승을 낚아채 간 사건은 양 팀을 앙숙으로 변하게 만들었다.

두 팀의 대결이 흥미를 불러일으키는 이유였다.

찬열은 보스턴에서 양키스를 상대한 적이 있었다. 당시 왕첸밍에게 1홈런 2안타, C.C사바시아에게 1안타를 뽑아냈다.

첫 대결은 보스턴 펜웨이 파크에서 열렸다. 덕분에 열광적인 홈팬의 응원을 등에 업고 편하게 경기를 치를 수 있었다.

하지만 오늘은 양키스타디움에서 경기가 열렸다. 버스로 이동하는 도중에도 양키스 팬들의 야유가 쏟아졌다. 경기장에 도착한 뒤에도 마찬가지였다.

처음 경험하는 반응이다. 한국 야구의 메카라 불릴 정도로 열광적인 응원을 보내주는 부산에서도 이 정도는 아니었다.

'뉴욕이나 보스턴에서 상대팀의 유니폼을 입고 다니다가는 맞을 수도 있다더니…….'

찬열은 고개를 절레절레 저었다. 클럽 하우스 역시 선수들이 꽤 날이 서 있었다. 시리즈 결과에 따라 지구 1위가 바뀔 수도 있는 상황이었다. 평소보다 날카로울 수밖에 없었다.

찬열도 다소 긴장된 얼굴로 배터리 코치와 오늘 플레이에 대한 이야기를 나누었다.

* * *

경기가 시작됐다.

[양키스의 선발은 CC사바시아 선수입니다. 시즌 초, 썩 좋은 성적은 아니지 않습니까?]

[대규모 FA 계약을 맺은 투수에 걸맞은 피칭은 아닙니다. 7년간 몸값이 무려 1억 6천만 달러가 넘습니다. 한화로는 약 2,200억이

넘는 거액이에요. 게다가 작년 시즌 후반기에서 11승 2패, 평균 자책점 1.65라는 경이로운 기록을 세웠던 투수입니다. 현지에서 나오는 이야기대로 부상이 있는 건 아닌가? 라는 게 제 생각입니다.]

[그렇군요. 레드삭스와 양키스 두 팀 모두 최근 분위기는 좋지 않습니다. 과연 이번 시리즈에서 승리를 챙겨 분위기를 반전시킬 팀이 어디가 될지 기대가 됩니다.]

찬열은 4번 타자로 출전했다. 하지만 1회에는 기회가 오지 않았다. 사바시아가 세 개의 삼진을 올리며 마운드를 내려갔기 때문이다.

마스크를 착용하고 캐처 박스에 섰다. 옆을 보니 데릭 지터가 배트를 돌리고 있는 게 보였다. 은퇴 이후 명예의 전당이 확실시되는 위대한 선수가 바로 지터다. 그러나 찬열에게는 한 명의 타자에 불과했다.

'현재 양키스에서 가장 주의해야 될 게 지터다.'

서른넷의 나이에도 불구하고 여전히 한 방을 갖춘 선수였다.

"플레이볼!"

심판의 콜과 함께 찬열의 사인이 바쁘게 움직였다.

지터가 위험하긴 했지만 팀의 에이스인 조시 베켓을 믿는 마음이 더 컸다.

'바깥쪽 패스트볼.'

베켓이 고개를 끄덕였다. 와인드업과 함께 힘차게 공을 뿌렸다.

"흡-!"

쐐액-!

좋은 코스다. 구위도 나쁘지 않았다. 그렇게 생각하는 순간 눈앞으로 검은 물체가 지나갔다.

딱-!

경쾌한 소리가 울렸다. 찬열의 시선이 타구를 따라갔다. 1루수 키를 넘기는 안타였다. 우익수가 공을 잡는 사이 지터가 1루에 도달했다. 깔끔한 타격이었다.

'어쩔 수 없지.'

상대가 잘 친 거다. 코스와 구위 모두 좋았다. 이럴 때는 빠르게 머리에서 털어내야 했다.

찬열은 크게 신경 쓰지 않고 다음 타자를 맞이했다. 베켓 역시 에이스답게 안정을 찾았다. 평균 94마일에 이르는 빠른 강속구로 연달아 타자들을 돌려세웠다.

펑-!

"스트라이크!"

베켓의 주 무기 중 하나인 슬라이더가 낮게 들어왔다.

그 순간 찬열이 엄지손가락으로 미트를 틀었다. 동시에 손목을 비틀었다. 그의 프레이밍은 메이저리그 심판마저 속이며 볼을 스트라이크로 만들어냈다.

[A-로드! 판정에 항의를 합니다. 하지만 오히려 양키스타디움에 야유가 흘러나옵니다!]

[아~ 약물 파동 이후 복귀를 했지만 양키스의 팬들은 그를 받아들일 생각이 없나 봅니다.]

결국 쓸쓸하게 더그아웃으로 돌아서는 A-로드였다.

"나이스 캐치!"

그 모습을 보던 찬열에게 베켓이 글러브를 내밀었다.

"나이스 피칭!"

가볍게 글러브를 마주치고는 더그아웃에 들어갔다. 빠르게 장비를 벗고 헬멧과 배트를 챙겨 다시 나왔다.

'후우-!'

사바시아와는 한 번 상대를 한 적이 있다. 당시에는 구위가 괜찮았다. 하지만 제구는 썩 잘되고 있지 않았다. 5월에도 사바시아의 부진은 이어졌다. 그래서 부상이 아니냐는 이야기까지 나오고 있었다.

'그렇다 하더라도 리그 최고의 좌완 투수라는 건 부정할 수 없다.'

찬열은 약간의 긴장감을 가지고 타석에 섰다.

"우우우우-!"

그러자 양키스타디움에서 야유가 쏟아졌다. A-로드에게 쏟아졌던 야유는 장난이었다는 듯 엄청난 야유였다.

[아~ 양키스타디움이 야유로 가득 찹니다. 엄청난 야유입니다.]

[아무래도 정찬열 선수가 최근 레드삭스의 중심 타자라 할 수 있을 정도로 잘해주고 있다 보니 양키스에서도 경계를 하는 듯합니다.]

[부담을 느낄 수도 있겠군요.]

한국 중계진들은 찬열을 걱정했다.

'이런 분위기군.'

찬열은 타석에 들어서기 전 양키스타디움의 관중석을 올려다봤다. 5만 명에 육박하는 관중. 그들이 하나같이 자신에게 야유를 보내고 있었다. 야구를 하면서 이런 경험은 생전 처음이었다. 떨릴 수도 있었다.

하지만.

'재밌는데?'

찬열은 미소를 지었다. 그리고 그 장면은 스크린을 통해 양키스타디움에 전달됐다. 그 의미를 아는 사람은 없었다. 오히려 자신들을 도발한다고 생각한 팬들이 욕설과 야유의 강도를 높였다.

'한 방 치고 싶다.'

그들을 보며 찬열은 그런 욕심이 들었다. 자신의 한 방으로 떠들고 있는 저 사람들을 모두 조용하게 만들고 싶었다.

타석에 선 찬열이 마운드를 바라봤다. 사바시아의 표정이 썩 좋지 않았다. 스크린 속 자신의 모습에 오해를 했나 보다.

하지만 개의치 않았다. 오히려 투수가 저렇게 감정을 표하는 게 타자의 입장에서는 반길 일이었다.

배터리가 사인을 교환하는 사이, 찬열은 히팅 포인트를 조절했다. 배트를 양손으로 쥐자 사바시아가 공을 뿌렸다.

포심이다.

그렇게 판단을 내린 순간, 공의 궤적이 이상하게 날아오는 걸 알았다.

'제길!'

몸 쪽으로 공이 빠르게 붙어왔다.

찬열은 급하게 몸을 뒤로 젖혔다.

펑-!

그의 눈앞으로 공이 지나갔다.

쿵-!

찬열이 그대로 엉덩방아를 찧었다. 사방에서 웃음소리가 들려왔다. 찬열은 자리에서 일어나며 사바시아를 노려봤다.

"이봐, 괜찮아?"

구심이 사바시아와 찬열의 앞을 가로막으며 상태를 물었다. 충돌을 막기 위한 행동.

"후우-!"

찬열은 깊게 숨을 몰아쉬며 화를 삭였다.

"괜찮아요."

간단하게 말을 하고는 더그아웃 쪽에도 손짓을 했다. 금방이라도 뛰쳐나올 것 같던 레드삭스 선수들이 다시 흩어졌다.

하지만 경기의 분위기는 팽팽해졌다. 칼날 위에 서 있는 것만 같았다.

찬열 역시 기분이 썩 좋지 않았다.

'투수는 언제든지 제구가 흔들릴 수 있다. 하지만 방금 공은…….'

타자는 공이 날아오는 순간 그게 실투인지 아닌지 알 수 있다.

'실투가 아니었다.'

찬열의 눈빛이 강렬해졌다.

[사바시아 투수 2구 던집니다. 다시 한 번 몸에 바짝 붙습니다. 하지만 피하지 않는 정찬열 선수! 볼이 됩니다.]

2구 역시 위협구에 가까웠다. 하지만 찬열은 피하지 않았다. 몸에 닿지 않을 것임을 알고 있었기에 피하지 않은 것이다.

사바시아는 더 이상 위협구를 던지지 않았다. 볼카운트가 몰렸기 때문이다. 그리고 그 사실은 찬열도 알고 있었다. 카운트를 잡기 위해 던진 슬라이더. 바깥쪽 존 아래를 통과하는 완벽하게 제구된 공이었다. 날렵하게 빠져나가는 공을 찬열의 배트가 걷어 올렸다.

밑에서부터 위로. 그리고 마지막 순간까지 팔로스로가 이루어졌다.

따악-!

경쾌한 소리와 함께 공이 날아갔다. 높게 떠오른 타구에 찬열이 1루로 달려가며 배트를 내려놓았다.

[높게 뜬 타구! 우익수 브렛 가드너 선수, 위치를 잡습니다.]

타구가 너무 높게 떴다. 그랬기에 관중석의 양키스 팬들 역시 여유로웠다.

그때 가드너가 뒤로 조금 물러났다.

[위치를 잘못 잡은 듯 가드너 선수 뒤로 물러나네요. 하지만 곧 다시 자리를 잡습니다.]

[타구가 높게 떴기 때문에 위치를 잡기 힘들어 보입니다.]

[어? 또다시 뒤로 이동합니다.]

[설마 이 타구가 넘어가나요?]

[정찬열 선수가 2루에 도착하고 있습니다.]

엄청난 체공 시간이었다. 천천히 달리는 찬열이 이미 2루 베이스 앞에 도착한 상황.

턱–!

뒤로 물러나던 가드너가 펜스에 등을 부딪쳤다.

툭–!

공이 관중석에 떨어졌다.

[넘어갔습니다!!]

"Fuck!"

홈런 볼을 잡은 양키스 팬이 그대로 공을 그라운드로 던졌다.

* * *

찬열의 홈런은 이날 유일한 타점이자 득점이 됐다. 이후 투수전이 이어지면서 양 팀에서는 더 이상 점수가 나오지 않았다.

다음 날 펼쳐진 2차전은 전혀 다른 양상으로 이어졌다.

딱-!

[A-로드 초구를 강타! 그대로 우측 담장을 넘겨 버립니다! 또다시 달아나는 양키스!]

[오늘 양 팀 정말 재밌는 경기를 보여주네요. 따라가면 달아나고 다시 따라 붙으면 또 달아납니다!]

7회 현재 스코어 6 대 5.

양키스가 1점을 더 달아나고 있었다. 양 팀 통틀어 올라온 투수가 6명이 될 정도로 타격전이 이어졌다. 7회 말 양키스는 더 이상 득점을 올리지 못했다. 8회 초 레드삭스의 공격은 선두 타자 엘스버리로 시작이 됐다.

"베이스 온 볼!"

[엘스버리 결국 볼넷으로 출루합니다! 무려 투수에게 7개의 공을 던지게 한 엘스버리 선수. 리드오프로서의 역할을 다 했다고 볼 수 있겠죠?]

[물론입니다.]

[과연 여기서 프랑코나 감독이 어떤 작전을 보여줄지 기대가 됩

니다.]

메이저리그에는 희생번트 작전이 자주 나오지 않는다. 아주 중요한 경기가 아니면 거의 볼 수 없다. 하지만 프랑코나 감독은 오늘 경기를 아주 중요한 경기로 보고 있었다.

딱-!

[번트를 댑니다! 1루 주자 엘스버리, 2루에 무사히 들어갑니다!]

[결국 희생번트를 선택하는군요. 아무래도 양키스와는 라이벌 관계이기 때문에 반드시 이기겠다는 의미로 보입니다. 게다가 원아웃에 2루라면 병살타가 나올 확률이 거의 없습니다. 이렇게 되면 3번 타자인 제이슨 베이 선수가 아웃이 되더라도 정찬열 선수까지 타석이 돌아갑니다.]

[즉, 정찬열 선수를 이번 이닝에 반드시 올려 동점까지 노려보겠다 이거군요?]

[그렇습니다.]

경기의 흐름은 다시 레드삭스에게 넘어왔다. 제이슨 베이가 3구를 받아쳐 중견수 앞에 떨어지는 안타를 만든 것이다. 하지만 2루 주자 엘스버리가 홈으로 들어오지 못했다.

타구가 멀리까지 나가지 않았기 때문이다.

1사 1, 3루의 찬스. 그리고 타석에는 찬열이 들어섰다.

[완벽한 찬스에 정찬열 선수가 타석에 섭니다!]

[오늘 경기 아직 안타가 없는 정찬열 선수인데요. 이 찬스를 살려

서…….]

[아, 이때 양키스의 조 지라디 감독이 마운드에 올라옵니다.]

[투수를 교체할 것으로 보이네요.]

마운드에 있던 투수가 내려갔다. 그리고 불펜의 문이 열리고 한 투수가 나왔다.

"와아아아아!"

관중석에서 우레와 같은 함성이 쏟아졌다. 경기장이 떠내려갈 것 같다는 말이 잘 어울리는 순간이었다. 그리고 마운드에 선 한 남자.

[양키스의 수호신이 마운드에 올라옵니다!]

마리아노 리베라가 찬열을 상대하기 위해 올라왔다.

[올 시즌 22경기에 등판한 마리아노 리베라 선수는 평균 자책점 2.83, 1승 2패 14세이브를 기록 중입니다.]

마리아노 리베라.

메이저리그 최고의 마무리투수다. 그의 컷패스트볼은 메이저리그 역사상 가장 뛰어나다는 평가를 받았다.

하지만 찬열은 자신 있었다.

'한 번은 상대해 보고 싶었다.'

회귀 전에는 기회가 없었다. 사는 세계가 달랐기 때문이다. 하지만 이제는 아니었다.

'덤벼라.'

자신 역시 이제는 메이저리거였다.

[리베라 초구 던집니다!]

펑–!

리베라의 공이 낮게 들어왔다. 볼이었다.

"스트라이크!"

하지만 구심의 손이 올라갔다.

찬열이 인상을 찡그렸다. 포사다의 미트 위치를 확인했다.

'프레이밍.'

전설적인 포수 포사다의 프레이밍이다. 구심을 속이는 건 문제가 아니었다.

"후우–!"

자신의 상대는 리베라만이 아니었다. 마음을 진정시키고 다시 타석에 섰다.

'구위가 좋다. 볼 끝이 살아서 떠오르는 느낌이야.'

라이징 패스트볼. 보통의 포심 패스트볼과 달리 공이 떨어지지 않는 구종이다. 타자의 입장에서는 공이 떠오른다는 이미지를 느끼게 한다. 그래서 한때는 떠오르는 공이라고 불리기도 했다.

하지만 이제는 그게 사실이 아님을 과학적으로 밝혀졌다. 문제는 타자의 입장에선 여전히 치기 어렵다는 것이다.

리베라가 2구를 던졌다.

딱–!

찬열의 배트가 돌아갔다. 묵직함이 손에 느껴졌다. 배트를 끝까지 돌렸지만 공은 3루 선상을 벗어났다.

"파울!"

구심이 판정을 내렸다.

찬열은 타석에서 벗어나 자신의 배트를 내려다봤다.

멀쩡했다. 하지만 손맛이 이상했다. 배트를 들어 가볍게 땅에 두드렸다.

탁탁-!

뿌직-!

손잡이 부근에 금이 가더니 그대로 두 동강이 났다.

"배트 좀 교체할게요."

구심이 고개를 끄덕였다.

찬열은 둘로 나뉜 배트를 들고 더그아웃으로 향했다.

'패스트볼인지 알고 배트를 돌렸는데…….'

들어온 공은 컷 패스트볼이었다. 생각보다 날카롭게 꺾였다.

"정! 여기."

"고마워."

새로운 배트를 받은 찬열이 준비를 했다. 그러면서 리베라의 컷 패스트볼에 대한 이미지를 다시 잡았다.

'내가 스윙을 시작한 뒤에 꺾인다. 즉, 공의 회전을 보고 판단을 내려야 돼.'

집중력을 더 끌어올려야 된다는 소리다.

준비를 끝낸 찬열이 타석에 섰다.

"플레이!"

구심의 외침과 함께 경기가 재개됐다.

찬열은 모든 집중력을 끌어올렸다.

경기 후반이다. 체력이 떨어지면서 자연스레 경기에 대한 집중력도 떨어진다. 하지만 찬열은 메이저리그를 앞두고 체력 훈련을 했다. 그것도 평소보다 더욱 강도를 높여서 말이다. 덕분에 아직까지는 체력이 남아 있었다.

'보인다.'

그의 시야에 리베라만이 남았다.

리베라가 공을 던진다. 와인드업이 크지 않았다. 간결하게 킥킹을 하고 테이크백을 했다. 발을 내디디며 팔을 돌렸다.

그의 손을 떠난 공이 회전을 시작했다. 맹렬하게 돌아가는 회전은 포심의 회전이었다.

찬열이 배트를 돌렸다.

후웅—!

따악—!

[빠르게 날아가는 타구! 좌익수 그 자리에 굳어버립니다! 그리고 넘어갑니다!! 메이저리그 최고의 마무리인 리베라의 공을 그대로 넘겨 버리는 정찬열!!!]

역전 쓰리런이 터졌다.

* * *

양키스와의 대결은 레드삭스의 완승으로 끝났다.

찬열의 활약이 독보적이었다. 시리즈 전 경기 출장을 하며 2홈런을 올렸다.

[메이저리그 첫 시즌에 한국인 최다 홈런 기록과 타이를 이루는 정찬열!]

[일본의 조지마 겐지가 세운 동양인 최다 홈런인 18홈런도 정조준!]

90년대 후반. 박찬태가 LA다저스에서 활약을 했다. 18승이란 경이로운 기록을 세우며 IMF가 터졌던 한국 사회에 한줄기 빛이 됐다. 거구의 백인 타자들을 돌려세우는 그의 투구에 모든 한국인이 열광했다.

박찬태 신드롬.

당시 한국에서는 그의 활약을 사회적인 이슈로 봤다. 두 번 다시는 일어나지 않을 것 같았던 일이다.

그런데 그 일이 다시 일어났다. 바로 정찬열에 의해서 말이다.

[정찬열! 캔자스시티의 에이스 잭 그레인키를 상대로 시즌 16호

홈런을 달성!]

아니, 오히려 박찬태의 신드롬보다 그 영향력은 더욱 컸다.

박찬태는 선발투수였다. 한 번 등판을 하면 4일에서 5일을 쉰다.

반면 찬열은 타자였다. 레드삭스의 4번 타자로 자리매김한 그는 일주일의 대부분을 경기에 나섰다. 그의 경기를 보기 위해 직장인들은 새벽에 일어나 경기를 시청했다.

방송국은 환호를 질렀다. 찬열을 비롯해 추신성까지 활약을 하며 주전급 선수로 발돋움했기 때문이다. 게다가 간간히 승리를 올리는 박찬태도 있었다. 어떤 경기를 방송으로 내보내야 될지 행복한 고민에 빠졌다.

하지만 직장인들은 죽을 맛이었다. 뜬눈으로 새벽을 보내다 보니 수면 시간이 부족했다. 덕분에 오전에 회사에서 단체로 졸고 있는 사무실의 풍경은 이상할 게 없었다. 원래라면 상사의 날벼락이 떨어져야 될 상황. 하지만 상사조차 꾸벅꾸벅 졸고 있었기 때문에 그럴 일은 없었다.

9시 뉴스에서는 매일같이 찬열의 활약에 대한 소식이 전해졌다.

[보스턴 레드삭스에서 활약 중인 정찬열 선수의 홈런포가 또다시 가동됐습니다. 디트로이트 타이거즈의 저스틴 벌렌더 선수를 상대

로 7회 말 가운데 담장을 넘기는 커다란 홈런을 기록, 데뷔 첫해 17호 홈런을 달성했습니다. 이로써 메이저리그에 진출한 동양인 첫해 최다 홈런인 18홈런에 1개 차로 추격, 올 시즌 기록 경신이 가능할 것으로 보입니다.]

찬열은 메이저리그에 무척 잘 적응했다. 문화의 차이, 미국과 한국 야구의 차이 등. 어려움이 많을 것이라 예상했던 야구 관계자들은 당혹감을 감추지 못했다. 그러면서도 찬열의 활약에 기뻐하는 눈치였다. 더 이상 WBC의 악몽을 이야기하는 사람은 없었다. 모든 이가 그의 활약에 열광했다.

보스턴에서도 정찬열은 인기인이 되었다. 모든 이가 새로운 스타에 환호를 보냈다. 이런 분위기 속에 찬열의 인기에 날개를 다는 일이 생겼다.

[메이저리그 데뷔 첫해, 올스타전에 뽑힌 정찬열!]

메이저리그 최대의 축제.

아메리칸 리그 포수 부문 1위라는 기염을 토한 찬열은 생애 첫 올스타전에 출전하게 됐다. 레드삭스라는 명문 구단에서 홈런 1위를 달리고 있으니 어떻게 보면 당연한 결과였다.

자신이 올스타전에 나간다는 사실을 알게 된 찬열은 부모님에게 전화를 드렸다.

"아버지, 저예요."

[그래, 잘 지내고 있니?]

[찬열이에요? 저도 좀 바꿔줘요!]

옆에서 어머니의 목소리가 들려왔다. 절로 미소가 지어졌다. 곧 스피커폰으로 바뀌었는지 어머니와 아버지의 음성이 같이 들려왔다.

[아들~! 밥은 잘 먹고 있니? 힘들지는 않아?]

[멀리서 말해도 잘 들리니까, 너무 붙지 마.]

"네, 잘 지내고 있어요. 두 분 모두 아프신 곳은 없으시죠?]

[그럼! 우리는 잘 지내고 있다.]

[그래, 우리 걱정은 하지 마라. 아들은 아픈 곳 없고?]

"저도 괜찮아요. 참, 두 분 7월 중순쯤에 시간 괜찮으세요?"

[7월 중순이면 올스타전 아니냐?]

[올스타전이면 찬열이가 나가는 그 대회 아니에요?]

"맞아요. 바쁘지 않으시면 잠깐 미국에 오시겠어요?"

[미국에?]

두 분이 동시에 되물었다.

"네, 비행기 티켓은 제가 준비할게요."

[나야 뭐…….]

어머니는 오고 싶어 하는 눈치다.

문제는 아버지다. 전업주부이신 어머니와 달리 사업을 하시는 아버지였다. 미국에 오는 일정을 만드는 게 쉬운 일은 아니었다.

[나도 괜찮다.]

아버지는 의외로 흔쾌히 승낙하셨다. 혼자 고민을 했던 시간이 민망할 정도로 쿨한 대답이었다.

"괜찮으시겠어요?"

[음, 어차피 이번 여름에는 휴가를 갈 생각이었다. 미리 좀 당겨서 다녀온다고 생각하면 되겠지.]

"알겠습니다. 그럼 제가 영재 형님 통해서 비행기 티켓 보내드리도록 할게요."

[그래.]

[우리 아들 곧 보겠네!]

어머니의 목소리가 들뜨셨다.

찬열이 미소를 지으며 대답했다.

"네, 그리고 영재 형님도 같이 들어오실 거니까, 너무 걱정하지 않으셔도 될 거예요."

[그래, 그럼 우리도 준비하도록 하마.]

전화를 끊은 찬열은 창가에 서서 밖을 바라봤다. 부모님을 초청할 수 있다는 것에 대해 무척이나 기뻤다.

회귀 전에는 하지 못했던 일들이다. 하지만 지금은 할 수 있었다.

"좋다."

지금 상황 모든 것이 기뻤다.

* * *

딱-!

경쾌한 소리와 함께 타구가 오른쪽 담장을 넘어갔다.

"와아아아아-!"

펜웨이 파크를 찾은 보스턴 팬들이 일제히 환호를 내질렀다.

[9회 말! 패배의 그늘이 짙던 보스턴을 살리는 한 방이 터졌습니다! 그 주인공은 정찬열! 이로써 조지마 겐지가 기록한 동양인 데뷔 시즌 최다 홈런과 타이를 이룹니다!]

[아! 정말 멋졌어요. 설마 거기서 끝내기 홈런이 나올 줄은 몰랐습니다!]

[프란시스코! 고개를 숙인 채 마운드를 내려갑니다!]

[올 시즌 텍사스의 클로저로 괜찮은 성적을 내고 있던 프란시스코인데 아쉽겠습니다.]

[홈으로 들어오는 정찬열 선수를 보스턴 선수들이 맞이해 줍니다!]

물세례를 맞는 찬열의 모습이 화면에 잡혔다. 순식간에 물에 젖은 생쥐 꼴이 된 그가 헬멧을 벗어 관중석을 향해 인사를 했다.

[관중들이 기립해서 정찬열 선수의 인사에 환호를 보내네요.]

[이런 모습을 보게 될 줄은 꿈에도 몰랐습니다.]

한국 타자는 메이저리그에서 통하지 않는다.

그런 속설이 있었다. 팬들 사이에서도 일본 타자는 통하지만 한국 타자는 무리라는 이야기가 정설로 통했다.

하지만 더 이상 그런 이야기는 나오지 않았다. 그는 세간의 인식을 바꿔가고 있었다. 전반기의 괴물 같은 활약을 등에 업고 찬열은 아메리칸 리그 신인왕 후보에 당당히 이름을 올렸다. 지금과 같은 성적을 이어가면 그의 수상은 당연시됐다.

그리고 다음 날. 찬열은 또 하나의 홈런을 기록하며 조지마 겐지의 데뷔 시즌 최다 홈런 기록을 19개로 경신했다.

3장

올스타전!

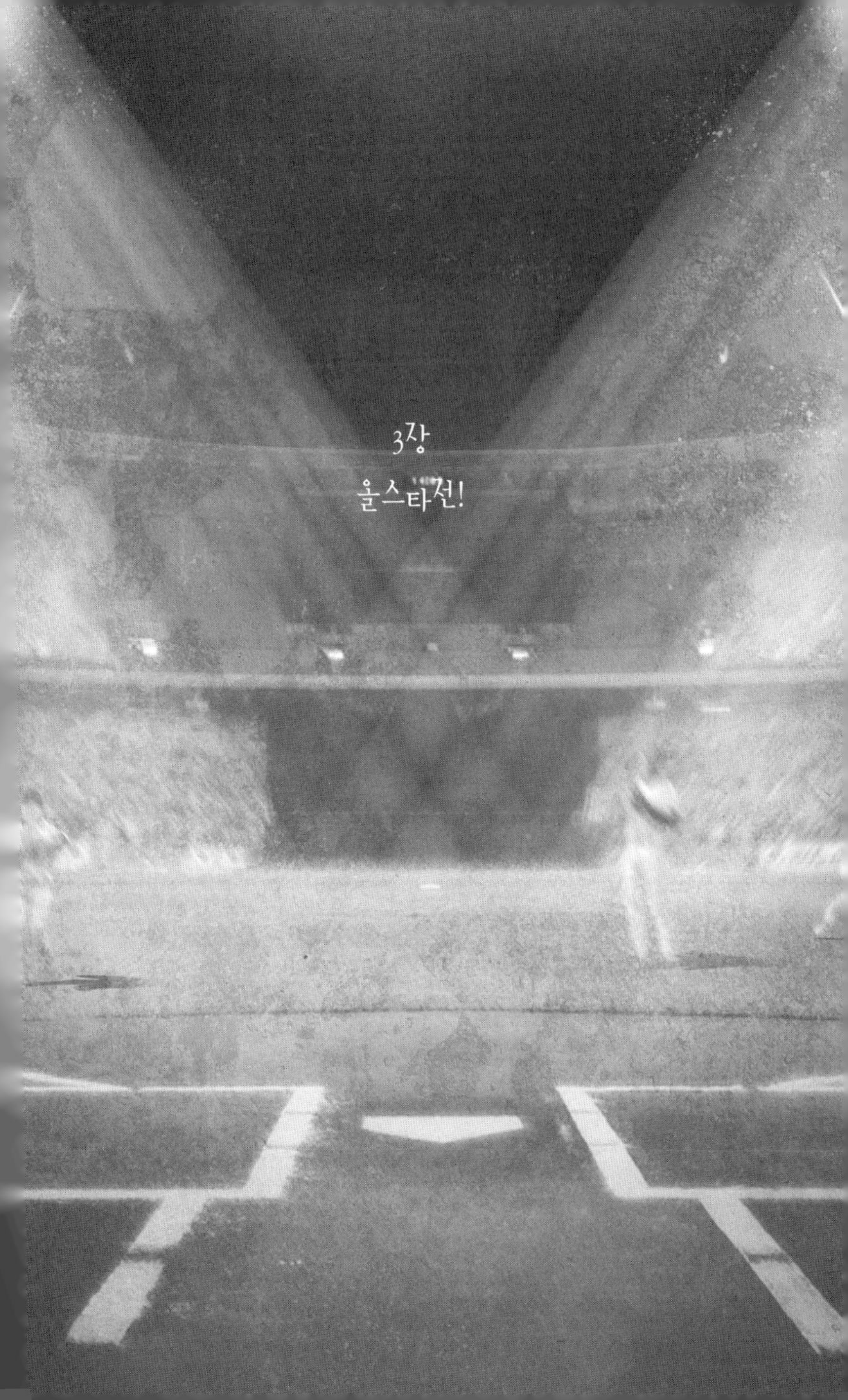

메이저리그 올스타.

1년에 한 번 열리는 스타들의 축제다. 한국인 선수로는 박찬태와 김병규가 올스타로 뽑히는 영광을 누렸다. 하지만 이후 단 한 명도 올스타에 오르지 못했다.

그런데 찬열이 올스타전에 뽑혔다. 그것도 데뷔 첫 시즌에 말이다. 덕분에 한국에서도 올스타전을 중계하기로 결정했다.

대단히 이례적인 일이었다. 이 모든 게 찬열의 활약 덕분이었다. 올스타전을 앞두고 찬열은 보스턴 공항에 나와 있었다. 부모님을 마중 나온 것이다.

공항에 들어가고 싶었지만 그럴 수 없었다. 현재 보스턴에서 가장 인기 있는 선수가 바로 그였다. 그런 찬열이 공항에 모습을 드러내면 일대가 마비될 수 있었다. 안전사고의 문제도 있었기에 그는 자신의 차에 앉아 있었다.

'오실 때가 됐는데.'

시간을 확인한 찬열이 주변을 두리번거렸다.

그때 멀리서 걸어오는 부모님을 발견했다. 차에서 내려 곧장 달려갔다.

"아버지! 어머니!"

"아이고~ 아들~!"

어머니가 양팔을 벌리며 찬열을 맞이했다.

"오시느라 고생이 많으셨죠?"

"아니야, 정말 편하게 왔어! 설마 엄마가 1등석을 탈 줄은 꿈에도 몰랐다."

정말 좋으셨는지 어머니의 입가에 환한 미소가 그려져 있었다. 퍼스트 클래스 티켓을 보낸 보람이 있었다.

"아들."

아버지가 부르자 찬열이 고개를 들어 아버지를 바라봤다. 그러자 양팔을 벌려 자신을 안아주셨다.

"정말 자랑스럽다."

아버지가 이런 모습을 보여주는 건 처음이었다. 그랬기에 찬열은 순간 당황했다. 하지만 이내 미소를 지으며 아버지를 껴안았다.

"감사합니다."

가족의 해후를 뒤에서 지켜보던 김영재가 두 사람이 떨어지자 입을 열었다.

"자자, 여기서 이럴 게 아니라 어서 호텔로 가시죠."

"네."

찬열이 대답을 하고는 짐을 끌었다. 그러고는 자신이 타고 온 캐딜락 에스컬레이드에 짐을 실었다.

"차 산 거니?"

"아뇨, 렌트예요. 구매하기는 애매해서요."

"하긴, 그렇겠구나."

"타세요."

네 사람은 차에 올랐고 곧 주차장을 빠져나갔다.

찬열은 부모님을 모시고 보스턴 관광을 다녔다. 어머니가 좋아하시는 미술관도 가보고 시내도 걸으며 즐거운 한때를 보냈다. 생전 처음 미국에 오신 어머니는 마치 아이처럼 좋아하셨다.

"아들 덕분에 이게 무슨 호강이니?"

"즐거우셨어요?"

"물론이지!"

"아버지는요?"

"나도 즐거웠다."

두 분의 대답에 찬열은 무척이나 뿌듯했다. 야구를 해서

큰돈을 번 것에 대한 보람을 느꼈다. 호텔에서 하룻밤을 보내고 공항으로 이동해 비행기에 몸을 실었다.

목적지는 세인트루이스였다. 올 시즌 올스타전이 열리는 부시스타디움으로 가기 위함이었다. 세인트루이스에 도착하니 벌써부터 야구팬으로 보이는 이들이 보였다.

그것도 한두 명이 아니었다. 올스타전은 메이저리그의 축제라 할 수 있다. 미국 전역의 야구팬이 모이는 것도 이상한 일이 아니었다. 그리고 당연히 찬열을 알아보는 이들도 있었다.

"정! 사인 좀 해줘요!"

"사진 좀 찍어도 될까요?"

"올 시즌 정말 멋졌어요!"

찬열을 본 야구팬들이 일제히 그를 향해 달려들었다. 사인과 사진을 찍어주는 아들을 보며 부모님은 흐뭇한 미소를 지었다.

김영재가 두 사람의 뒤에 서며 말했다.

"찬열이가 참 대단합니다. 이 먼 이국에서 잘 적응하고 있어요."

"그런가요?"

"예, 동료들과도 잘 어울리면서 지냅니다. 보스턴 시민들도 찬열이를 많이 좋아하고요."

부모님의 미소가 짙어졌다. 아들이 사랑받는다는데 어느 부모가 싫어할까?

아버지는 몸을 돌려 김영재를 바라봤다.

"이게 모두 김 대표님 덕분입니다. 정말 감사합니다."

"아닙니다. 모두 찬열이가 잘한 덕분이죠. 저도 찬열이 덕분에 한국에서 사업이 잘되고 있습니다. 그러니 제가 감사의 인사를 드려야 맞습니다."

서로에게 공을 넘기는 사이.

찬열의 주위로 점점 많은 팬이 모였다. 미국인은 물론이거니와 한국인으로 보이는 사람들도 다가왔다. 사람이 많아지자 결국 공항 경비대가 주변을 정리하기 시작했다. 그리고 찬열을 에스코트했다.

"영재 형님! 부모님 좀 부탁드릴게요!"

"그래, 알았다!"

갑작스런 생이별에 부모님은 황당하면서도 아들이 기특한 표정을 지으셨다.

* * *

찬열의 올스타전 출전.

한국에서는 많은 이슈가 되었다. 타자로는 두 번째 출전이었고 또한 홈런 더비에도 나간다는 사실이 전해지면서 더욱 큰 화제가 되었다. 많은 기대를 안고 찬열은 첫 번째 올스타전에 출전했다.

'올스타전이라더니 대단하네.'

클럽 하우스에 들어선 찬열은 미리 온 선수들을 보며 감탄을 금치 못했다.

마크 테세이라, 조 마우어, 잭 그레인키 등등.

익숙한 얼굴도 있었다. 이번 올스타전에 뽑힌 또 한 명의 동양인이자 메이저리그에서 역사를 써 내려가는 스즈키 이치로였다.

'한국에서는 꽤 싫어하는 사람이 많지.'

1회 WBC 대회에서 30년 동안 일본을 절대 이길 수 없도록 만들어주겠다, 라는 발언을 했었다.

물론 오해다. 중간에서 통역이 잘못되어 의미가 제대로 전달되지 않은 것이다. 나중에 오해가 풀리긴 하지만 현시점에서는 그를 싫어하는 사람도 많았다.

'이럴 때가 아니지, 나도 준비하자.'

찬열도 슬슬 경기를 준비했다.

한편, 경기장에서는 다양한 이벤트가 진행 중이었다. 즐거운 볼거리를 제공하기 위해 많은 준비를 한 게 눈에 보였다. 찬열의 부모님은 생전 처음 경험하는 이런 대규모 축제에 무척이나 즐거워 보였다.

"오, 저기 찬열이 나오네요."

김영재의 말에 두 사람의 시선이 손끝이 가리키는 곳으로 향했다. 거기에는 선수들이 나오고 있었다. 하나같이 건장한 체격의 선수들이었다.

사회자의 소개와 함께 선수들이 하나하나 소개됐다.

환호성이 대단했다. 귀가 아플 지경이었다.

'대단한 선수들이군.'

경기장 전체가 들썩이게 만들 정도로 대단한 선수들이다. 그런 선수들과 함께 있는 찬열이 대견스러웠다.

[보스턴 레드삭스의 찬열 정!]

"와아아아아!"

"꺄악-!"

"정! 정! 정!"

찬열의 이름이 불리자 사람들이 환호성을 질렀다. 이전의 선수들과 마찬가지로 환대를 받는 아들의 모습에 부모님의 표정이 밝아졌다.

찬열은 손을 흔들어 관중들에게 인사를 했다.

* * *

홈런 더비가 시작됐다.

찬열의 순서는 세 번째였다. 앉아서 순서를 기다리며 앞 선수들의 홈런을 바라봤다. 메이저리그의 홈런 더비는 일종의 전야제다. 마이너리그 올스타전이 끝난 뒤 홈런 더비가 이어진다.

관중들은 스타들의 홈런을 보기 위해 자리를 지켰다. 두 타자가 연달아 홈런을 때려냈다. 가장 많은 홈런을 때린 건 텍사스의 프린스 필더였다.

그 숫자가 무려 11개. 1라운드에서 11개의 홈런을 쳤다는 건 정말 대단한 기록이었다.

순서는 찬열에게 돌아왔다.

'이왕 출전하는 거 결승전에는 가고 싶은데.'

홈런 더비에 뽑힌 이상 욕심이 생겼다. 무엇보다 오늘 자리에는 부모님도 오셨다. 자식 된 입장에서 조금이라도 멋진 모습을 보여드리고 싶었다.

"후우-!"

깊게 한숨을 몰아쉬고 타석에 섰다. 찬열은 천천히 집중력을 끌어올렸다.

[드디어 정찬열 선수의 차례가 돌아왔습니다!]

[타석에 들어서는 모습이 무척이나 집중한 듯 보이네요.]

한국에도 생중계가 되고 있었다. 중계진은 찬열의 등장에 목소리가 높아졌다.

[오늘 배팅 볼 투수는 레드삭스에서 평소 배팅을 할 때 공을 던져주는 분이라죠?]

[그렇습니다.]

[초구 던집니다.]

따악—!

[벼락같은 스윙! 좌측 담장을 넘깁니다! 거리는 440피트가 나왔습니다!]

[좋은 스윙이 나왔어요! 시작이 아주 좋습니다!]

[2구!]

딱—!

[이번에도 좌측 담장입니다! 433피트! 거리도 좋습니다!]

연속 홈런.

관중들이 열광했다. 중계를 보는 시청자들 역시 기대를 가지고 지켜봤다.

3구, 4구, 5구.

찬열은 하나의 공도 그냥 보내지 않았다. 정확한 타이밍에 완벽한 스윙으로 모두 담장을 넘겨 버렸다.

[벌써 5개의 홈런을 기록하는 정찬열 선수! 정말 대단합니다!]

[무엇보다 공을 흘려보내지 않는 게 인상적입니다.]

[그러고 보니 다른 타자들은 공을 그냥 보내는 일이 잦았는데요.]

[메이저리그 홈런 더비에서는 10개의 아웃 카운트가 되기 전까지는 공을 그냥 흘려보내도 상관없습니다. 그래서 다소 지루할 수도 있는데요. 하지만 정찬열 선수는 매 순간 공을 때리면서 지루할 틈이 없네요!]

이후에는 2개의 공이 파울라인 밖으로 날아갔다. 투아웃이 올라갔지만 찬열은 개의치 않고 공에 집중했다.

딱―!

[다시! 넘어갑니다! 이걸로 6개째!!]

딱―!

[일곱 번째 홈런은 431피트를 기록합니다!]

따악―!

[여덟 번째 홈런은 437피트!!]

딱―!

[아홉 개째…… 크흠! 홈런은 441피트를 기록합니다!]

캐스터의 목소리가 점점 잠겨 갔다. 하도 소리를 질러댔더니 목이 벌써부터 무리가 가는 것이다. 그래서인지 10개째부터는 조금 톤이 다운됐다.

딱―!

[열 개를 채우는 정찬열 선수! 이야~ 역시 한국의 홈런왕 출신답습니다. 그렇지 않습니까?]

[예, 맞습니다. 이대로라면 1라운드에 필드 선수가 기록한 11개는 무난하게 넘을 거 같네요.]

10개를 때리는 동안 아웃 카운트는 7개까지 올라갔다.

하지만 공을 거의 거르지 않고 때린 걸 감안하면 무척이나 좋은 성적이었다.

딱―!

[이건 외야에 떨어집니다. 메이저리그에서도 아이들이 외야를 지키고 있군요.]

아웃 카운트 8개.

찬열은 더욱 집중력을 끌어올렸다.

'두 번은 기회가 더 남았다.'

그의 배트가 돌아갔다.

따악—!

[다시! 넘어갑니다! 프린스 필더와 동률을 이루는 정찬열!]

따악—!

[이것도 넘어갑니다! 단독 선두에 올라섭니다!]

딱—!

[아아아아! 3연속 홈런입니다!]

홈런 더비.

배팅 볼 투수가 공을 던져 주기 때문에 일종의 프리배팅과 같다. 하지만 타격 방법은 전혀 다르다. 대부분의 타자가 홈런을 노리고 배트를 돌린다. 그러다 보니 몸에 힘이 들어가고 스윙이 크게 나온다.

그러나 찬열은 조금 달랐다. 그의 스윙은 레벨과 어퍼로 나뉜다. 한데 오늘은 오로지 레벨 스윙만으로 타격에 임했다. 그런데도 홈런이 많이 나오고 있었다. 부시스타디움이라는 경기장이기 때문에 택한 방법이다.

부시스타디움의 외야 담장은 무척이나 낮다. 그린 몬스터가 있는 펜웨이 파크와는 전혀 다른 유형의 경기장이었다. 굳이 어퍼 스윙을 할 이유가 없었다.

그의 선택은 완벽하게 들어맞았다. 레벨 스윙을 한 덕분에 큰 힘이 들어가지 않았다. 정확한 타이밍에 정확하게 힘을 전달시켜 타격에 임했다. 그래서 타구의 궤적이 완만하게 꺾였다. 홈런이 15개에 달했는데도 불구하고 여전히 힘이 남아 있는 이유였다.

[숨 고르기에 들어간 정찬열 선수, 정말 멋집니다! 무려 17개의 홈런을 때려냈어요!]

[남은 아웃 카운트는 단 하나입니다.]

[홈런 더비 1라운드 신기록은 작년 시즌 텍사스의 조시 해밀턴 선수가 기록했던 28개인데요. 과연 정찬열 선수가 몇 개까지 근접할지 궁금합니다.]

딱-!

딱-!

두 개의 홈런이 연달아 나왔다. 신기록에 대한 생각은 머리에 없었다. 그저 부모님께 멋진 모습을 보여주고 싶은 생각이었다.

"하앗-!"

딱-!

[이번에는 우측 담장! 넘어갑니다!! 20번째 홈런을 만들어내는 정! 찬! 열!]

* * *

홈런 더비의 최종 우승자는 찬열이었다. 결승전에서 넬손 크루스와 붙은 찬열은 7개의 홈런을 때려내며 6개를 때린 크루스를 눌렀다.

전야제를 끝낸 찬열은 부모님과 함께 호텔로 돌아왔다. 식사를 위해 호텔의 레스토랑으로 이동하기 위해 엘리베이터 앞에 섰을 때였다.

딩동-!

문이 열리고 익숙한 얼굴의 여인이 보였다.

"안젤라?"

"찬열~"

안젤라가 그를 껴안았다. 갑작스런 상황에 부모님이 어리둥절한 표정을 지으셨다. 그것을 눈치챈 김영재가 안젤라를 떼어놓았다.

"자자, 그만 떨어져라."

"에잉……."

안젤라가 앙탈을 부렸다. 갑작스런 그녀의 등장에 찬열도 놀란 얼굴이다.

"여기는 어떻게……?"

"취재하러 왔지! 아저씨에게 찬열이 여기 있다는 소리를 듣고 온 거야!"

"휴우-! 안젤라, 오늘은 찬열 부모님도 계시니까 다음에 오라고 했잖아?"

김영재가 안젤라를 탓했다. 하지만 안젤라는 가볍게 무시를 하고는 뒤에 서 있는 부모님을 향해 걸어갔다.

"안! 녕! 하! 세! 요!"

단어 하나하나를 또박또박 말하는 그녀의 모습에 두 사람이 놀란 표정을 지었다. 찬열이나 김영재 역시 놀라긴 매한가지였다.

"저! 눈! 안! 젤! 라! 입! 니! 다!"

한 마디 틀리긴 했지만 꽤 자연스러웠다. 인사를 한 안젤라가 뒤를 바라보더니 찬열을 향해 미소를 지었다.

"소개 좀 해주겠어?"

"아, 응."

찬열이 다가와 두 분에게 안젤라를 소개했다.

"미국에서 기자로 일하고 있는 친구 안젤라예요. 영재 형님 친구분의 딸이고요."

"아, 그렇군요. 반가워요."

어머니의 말을 통역해 주자 안젤라가 환하게 웃으며 그녀를 껴안았다.

"반! 갑! 습! 니! 다!"

어색하게 인사를 하는 그녀의 모습이 귀여웠는지 어머니가 미소를 지으셨다.

'거참…….'

찬열은 머리를 긁으며 지금 상황에 당황해했다.

잠시 후.

다섯 명이 레스토랑에서 식사를 했다. 안젤라는 어느새 어머니와 꽤 친해져 있었다. 비록 언어가 통하지 않아 중간에서 찬열이 통역을 해야 했지만 진심은 통한다고 했던가?

어머니도 안젤라가 찬열에게 호감이 있는 걸 눈치챈 듯 보였다. 장성한 아들이 홀로 지낸다는 게 마음에 걸리던 어머니다. 그런 상황에서 어여쁜 여인이 찬열에게 호감이 있는 걸 알았으니 마음이 갈 수밖에 없었다. 대화의 꽃을 피우는 세 사람을 보던 아버지가 김영재에게 물었다.

"저 여인이 기자라고요?"

"예, 그렇습니다."

"허허, 기자를 하기에는 조금 아까운 외모로군요."

안젤라의 외모는 마치 배우처럼 화려했다. 몸매도 좋아 레스토랑의 몇몇 남자가 힐끔거리기도 했다.

김영재가 웃으며 고개를 끄덕였다.

"확실히 외모나 차림새를 놓고 보면 기자와는 거리가 좀 있죠. 하지만 본인의 의지가 강한 편입니다. 저 친구 아버지와 제가 같은 대학에 다녔는데 미국에서 유명한 변호사 집안입니다."

"그래요?"

"네, 유명 로펌의 대표인데 안젤라가 기자를 한다고 했을 때 반대가 많았습니다. 하지만 고집을 꺾지 못했죠."

"그렇군요."

안젤라와 부모님의 만남. 예상치 못한 일이 벌어진 올스타전 전야제가 저물어가고 있었다.

그리고 다음 날.

메이저리그 최대의 축제, 올스타전이 열렸다.

찬열은 아메리칸리그 선발 포수로 경기에 출전을 한다.

대부분 선수가 1~2이닝을 소화한다. 찬열 역시 1이닝이 예정되어 있었다. 워낙 많은 스타가 출전하기 때문에 긴 이닝을 가져갈 수 없었다. 올스타전에 데뷔한 찬열이 호흡을 맞춘 건 잭 그레인키였다. 이번 올스타전에서는 또 하나의 볼거리가 있었다.

바로 버락 오바마 대통령의 시구였다. 취소될 것이란 이야기도 있었지만 오바마 대통령은 시구를 강행했다.

'대통령이 온다고 하니 경비가 삼엄하네.'

미국의 역사에서도 대통령이 올스타전 시구를 한 건 3번밖에 없다. 오바마 대통령이 4번째 시구자가 되는 것이다.

야구장은 수많은 위험에 노출된다. 야구장에만 4만 명이 넘는 관중이 들어차 있고 하늘은 뚫려 있다. 테러의 위험이 있다는 뜻이다.

'대단한 사람이야.'

자신이라면 위험을 무릅쓰고 할 수 있을까? 라는 생각이 들었다. 자신은 없었다.

'뭐, 나랑은 별 상관없겠지.'

오바마는 전혀 다른 세계의 사람이다. 미국 대통령을 눈앞에서 본다는 게 조금 신기할 뿐이었다.

올스타전이 시작됐다. 시구자로 선정된 오바마 대통령이 마운드에 올랐다. 화이트삭스의 외투를 입고 있는 모습이 꽤나 인상적이었다.

시포자는 살아 있는 전설 푸홀스였다. 왼손으로 공을 던진 오바마의 시구는 안전하게 끝났다.

잠깐의 클리닝 타임이 이어졌다.

찬열은 화장실을 가기 위해 복도로 들어섰다.

"멈추세요."

검은 정장을 입은 남자가 찬열을 제지했다. 위압적인 기운을 내뿜는 남자였다.

"화장실 좀……."

찬열이 이야기를 꺼낼 때 뒤에서 오바마 대통령이 모습을 드러냈다.

"오! 정!"

그가 찬열을 발견하고는 다가왔다. 경호원으로 보이는 남자가 빠르게 찬열의 몸을 체크했다.

"이상 없습니다."

"하하! 레드삭스의 4번 타자인데 이상이 있으려고."

오바마가 다가와 손을 내밀었다. 얼떨떨한 표정으로 그의 손을 맞잡았다.

"경기 잘 보고 있습니다. 최근 활약이 정말 대단해요."

"감사합니다."

"그래도 화이트삭스를 상대할 때는 살살해 줘요."

"하하……."

꿈만 같았다. 미국의 대통령과 손을 잡다니? 한국의 대통령도 만나보지 못했던 그로서는 생각지도 못한 일이었다.

"참, 실례가 안 된다면 사인 좀 부탁해도 될까요?"

"예, 물론이죠. 그런데 펜이……."

"잠시만요."

오바마가 경호원과 이야기를 나누었다. 그러자 한 경호원이 사라지더니 곧 공과 펜을 가지고 돌아왔다.

"여기에 부탁해요."

공을 받아 든 찬열이 사인을 했다.

"여기 있습니다."

"고마워요."

"아, 저기 실례가 아니라면 저도 사인 좀……."

"하하! 알겠습니다. 저는 어디에 할까요?"

"자, 잠시만요."

찬열이 더그아웃으로 돌아갔다. 그러고는 자신의 배트를

가지고 돌아왔다.

“여기에 부탁드립니다.”

경호원 두 명이 배트의 양 끝을 잡자 오바마가 사인을 했다. 마지막에는 정찬열이란 이름도 썼다. 물론 영어로 말이다.

‘미국 대통령이 내 이름을 알다니…….’

“스펠링이 이거 맞나요?”

“네, 맞습니다. 감사합니다!”

“그럼 다음에 봐요. 저는 다음 일정 때문에.”

오바마는 그 말을 끝으로 경호원들과 사라졌다.

찬열은 한참 동안이나 사인이 된 배트를 바라봤다. 그러다 복부에 느껴지는 압박감에 자신이 해야 할 일을 떠올렸다.

“화장실! 화장실!”

* * *

“흡-!”

펑-!

“스트라이크! 아웃!”

“와아아아-!”

[잭 그레인키! 첫 번째 아웃 카운트를 삼진으로 올립니다!]

[정찬열 선수의 리드도 무척 좋았습니다.]

그레인키와 찬열의 호흡은 안정적이었다.

'루키라고 들었는데 이 정도의 리드라니. 마치 나와 계속 호흡을 맞춘 포수 같다.'

그레인키는 찬열의 리드를 보며 감탄을 금치 못했다. 자신이 원하는 코스에 정확히 미트가 간다. 그의 손가락은 자신이 던지고 싶은 공을 요구한다. 머리를 쓸 필요가 없었다. 그저 공을 던지는 것에만 집중을 할 수 있었다. 투수에게 이것이 얼마나 즐거운 일인지 경험하지 못한 사람은 몰랐다.

그리고.

"흡-!"

촤르륵-!

볼이 손가락을 떠나는 순간.

'너무 힘을 줬다.'

제구가 흔들렸음을 깨달았다. 예상대로 포심의 궤적이 너무 몸 쪽으로 들어갔다. 타자가 엉덩이를 뒤로 뺄 정도였다.

그 순간.

찬열이 움직였다. 하체부터 시작해 어깨까지 부드럽게 움직여 몸 쪽으로 붙는 공을 포구한 순간 가운데로 미트를 가져갔다.

펑-!

"스트라이크!"

구심의 손이 올라갔다.

타자가 황당한 표정을 지었다.

이해가 됐다.

'던진 나도 황당한데.'

투수마저 놀랄 정도의 대단한 프레이밍이다.

'대단한 놈이야.'

새삼스레 찬열의 활약에 놀라는 그레인키였다. 찬열의 활약은 포수에서 끝나지 않았다.

그는 1회 2사 1, 2루에서 5번 타자로 타석에 들어섰다.

[정찬열 선수! 인생에서 처음으로 올스타전 타석에 들어섭니다.]

[오늘 경기에는 한국인으로 보이는 많은 분이 경기장을 찾았네요. 아, 저기도 한국분이시군요.]

[오, 저기에는 서양 여성분이 정찬열 선수를 응원하는 문구가 적힌 플래카드를 들고 있네요.]

카메라가 한 여성을 잡았다.

안젤라였다. 그녀는 어젯밤에 미리 준비해 둔 플래카드를 흔들며 찬열을 응원하고 있었다. 그걸 알 리 없는 찬열은 열심히 공을 골라내고 있었다.

'팀 린스컴의 공은 처음 보는데 정말 좋네.'

내셔널리그 샌프란시스코 자이언츠의 팀 린스컴. 올해 대단한 활약을 이어가고 있다는 이야긴 들었다. 하지만 실제로 보니 정말 멋진 투구였다.

'작년 사이영상 수상자라더니…….'

특히 투구 폼이 독특했다. 공을 최대한 숨기면서 던지기 때문에 구종을 파악하는 데 어려움이 있었다.

'하지만…….'

찬열의 눈이 빛났다. 어제 홈런 더비를 했던 감각이 살아 있었다. 순식간에 주변이 어둠으로 잠기고 팀 린스컴만이 남았다. 공을 숨긴 린스컴이 팔을 휘둘렀다.

'체인지업!'

찬열의 배트가 돌아갔다. 밑에서부터 위로. 어퍼 스윙의 궤적을 그리며 돌아간 배트가 공과 정확히 마주쳤다.

따악-!

[우익수 키를 넘기는 큰 타구! 2루 주자! 홈으로, 1루 주자 역시 홈으로 들어옵니다! 2타점 2루타를 올리는 정찬열 선수!]

베이스에 도착한 찬열은 얼얼한 손을 내려다봤다.

'쯧, 내 생각보다 더 떨어졌다.'

손에 맞는 순간 홈런이라 판단이 될 정도로 느낌이 좋았다. 하지만 마지막 순간 한 번 더 떨어지면서 홈런을 만들 수 없었다.

'다음 이닝에는…….'

찬열은 주먹을 불끈 쥐며 이를 갈았다. 하지만 다음이란 없었다. 올스타전이기 때문에 대부분 투수는 짧으면 1이닝 길면 2이닝을 던진다. 이미 2점을 준 린스컴은 더 던질 이유가 없었다.

그러나 찬열은 계속 선발로 남았다. 이유는 첫 타석부터 2타점을 올렸기 때문에 올스타전 MVP에 뽑힐 가능성이 있었기 때문이다. 덕분에 그는 다양한 투수의 공을 받으며 안목을 넓힐 수 있었다.

그리고 3회. 찬열이 다시 타석에 섰다. 마운드를 지키고 있던 건 테드 릴리였다. 린스컴을 상대해서 그런지 몰라도 테드의 공은 썩 위력적이지 않았다.

또한 본인도 전력으로 던지는 모습은 아니었다. 올스타전은 일종의 축제다. 여기서 아무리 좋은 성적을 내더라도 연봉에는 영향이 가지 않는다. 그래서 간혹 대충 던지는 선수도 있었다.

'아니면 그냥 컨디션이 나쁜 걸 수도 있지.'

어쨌든 기회다.

찬열은 3구째에 배트를 돌렸다.

따악-!

경쾌한 소리와 함께 공이 좌익수 방향으로 빠르게 날아갔다.

[좌익수 움직이지 못합니다! 타구는 그대로 관중석으로 날아갑니다! 넘어갑니다!!!]

하나의 홈런을 추가한 찬열은 다음 이닝에 교체가 됐다. 3타점을 혼자 올린 찬열의 활약 덕에 이날 경기는 아메리칸리그가 승리를 가져갔다. 그리고 MVP에 정찬열이 이름을 올렸다.

[한국인으로는 최초로 메이저리그 올스타전 MVP로 뽑히는 정찬열 선수! 정말 대단합니다!]

* * *

시끌벅적했던 축제가 끝났다.

찬열의 부모님은 보스턴에 돌아와 다시 한국으로 돌아가셨다. 어머니가 눈물을 보이셔서 마음이 아팠지만 아버지의 격려에 기운을 차렸다.

이제 후반기를 시작으로 정규 시즌이 이어진다. 레드삭스는 현재 지구 1위를 달리고 있었다. 시즌 초반 부진했던 오티즈의 타격감이 돌아오면서 레드삭스의 분위기가 한층 올라갔다.

오티즈는 클럽 하우스의 리더라 할 수 있는 선수다. 선수들이 가장 많이 따르고 정신적 지주 역할을 하기 때문에 그의 변화에 따라 클럽 하우스의 분위기가 바뀌기도 한다.

찬열 역시 최근 오티즈와 친해졌다. 그 이유 중 하나가 바로 한국에서 오는 소포 덕분이었다.

"헤이! 정, 이건 무슨 과자야?"

오티즈가 그 커다란 손에 작은 봉지를 들고 다가왔다. 그의 손에 들린 봉지에는 한글로 '참쌀선과'라는 상품명이 기재

되어 있었다.

"그거 쌀로 만든 거야."

"쌀?"

"먹어봐. 꽤 맛있는 과자야."

호기심을 보인 오티즈가 쌀과자 하나를 꺼내 입으로 가져갔다.

"음!"

맛있는지 눈을 번뜩이는 그를 보며 찬열이 미소를 지었다.

오티즈만이 아니었다. 한국의 많은 팬이 레드삭스로 다양한 과자와 라면 등, 인스턴트식품을 보내주었다. 덕분에 클럽 하우스에서는 매일같이 과자 파티가 열릴 정도였다.

찬열을 좋아하는 선수가 많아지게 된 계기이기도 했다. 최근 한국에서는 찬열에 대한 관심이 극도로 높아졌다. 현재 아메리칸리그 홈런 1위는 카를로스 페냐였다. 24개로 찬열보다 5개의 홈런을 더 기록하고 있었다.

하지만 아직 시즌이 많이 남아 있었다. 무엇보다 찬열은 한국에서도 몰아치기에 능한 선수였다. 한번 홈런포가 가동이 되면 한 경기에 4~5개씩 치기도 한다.

그러다 보니 많은 팬이 찬열이 메이저리그에서 홈런왕에 도전할 수 있는 거 아니냐는 이야기를 했다. 게다가 올스타전에서 홈런왕을 차지하면서 그 이야기는 더욱 증폭이 됐다.

현재까지 메이저리그에서 동양인이 홈런왕을 차지한 적은

단 한 번도 없었다. 대부분의 최초 기록을 일본에 선점을 당했기에 찬열이 동양인 최초로 홈런왕에 오르길 많은 이가 바랬다.

사실 찬열도 욕심이 났다. 메이저리그라는 꿈의 무대에서 홈런왕을 차지한다면 얼마나 멋질지 상상만 해도 행복했다.

또 한 가지.

'옵트아웃을 위해서는 칠 수 있을 때 최대한 많이 쳐야 된다.'

찬열이 처음 메이저리그에 진출할 때만 하더라도 그의 연봉에 대해 많은 이야기가 나왔다. 특히 개척자 역할을 한 찬열이 너무 싼값을 받아서 뒤를 따라갈 선수들의 연봉에도 악영향이 가지 않겠냐는 이야기도 있었다.

하지만 지금은 아니었다. 찬열이 성적으로 메이저리그에 정착을 하면서 좋지 않은 이야기는 쏙 들어갔다. 아니, 성적이 좋아지면서 오히려 계약을 아주 잘했다는 이야기까지 나오고 있었다.

옵트아웃 때문이었다.

현재까지 19개의 홈런을 기록한 찬열은 후반기 성적에 따라 내년 시즌이 끝나면 옵트아웃을 행사할 수 있었다.

내년 시즌까지 지금과 비슷한 성적을 올리면 그의 연봉 대박은 꿈이 아니었다. 무엇보다 올 시즌 그의 성적 덕분에 KBO를 지켜보는 메이저리그의 눈길이 그 어느 때보다 뜨거워졌다.

"정! 슬슬 나가자!"

오티즈의 말에 찬열이 생각을 정리했다. 고개를 끄덕인 그가 자리에서 일어났다.

'자, 후반기 시작이다.'

찬열은 마치 폭주 기관차 같았다. 브레이크가 없는 기관차처럼 맹렬히 질주했다. 후반기 시작과 동시에 20홈런을 기록하고 7월에만 5개의 홈런을 더 추가했다.

이로써 찬열은 25개의 홈런으로 아메리칸리그 홈런 5위까지 치고 올라왔다.

엄청난 페이스였다. 특유의 몰아치기가 발동한 덕분이다.

8월에 접어들어서도 그의 페이스는 죽지 않았다. 중순까지 순식간에 30개의 홈런을 기록하자 미국 언론에서도 그를 신인왕 후보 1위로 뽑기 시작했다.

한국 역시 마찬가지였다.

[과연 한국인 최초의 신인왕 수상이 가능할까?]

큰 이변이 없는 한 찬열의 신인왕 수상은 확실시되는 분위기였다. 2번째 후보로 뽑히는 앤드류 베일리의 성적도 좋긴 했지만 찬열의 임팩트에는 크게 미치지 못했다.

2000년대 들어 단 1명의 신인왕밖에 배출하지 못했던 보스턴의 입장에서는 크게 기뻐할 일이었다. 하지만 구단 수뇌부는 그러지 못했다.

"이거 참, 첫해부터 이런 활약을 펼칠 줄은 꿈에도 몰랐군."

단장의 목소리에는 근심이 가득했다. 이유는 찬열 때문이었다.

"3년은 써먹을 수 있을 줄 알았는데."

찬열과 계약을 할 때 60홈런에 옵트아웃에 사인을 한 건 최소 3년은 걸릴 거란 예상을 했기 때문이다.

사실 4년을 생각했다. 1년 차는 적응 기간이고 나머지 3년 동안 연간 20홈런씩 때려주면 성공적인 투자라 생각했다.

"그런데 벌써 30홈런이란 말이지."

첫해부터 이렇게까지 적응을 잘할 줄이야.

구단 직원에게 물어보더라도 그는 클럽 하우스의 누구와도 잘 지내고 있었다. 마치 원래 있던 사람처럼 말이다.

"이 페이스라면 내년 옵트아웃은 기정사실이다."

찬열은 이미 아메리칸리그 최고 타자의 반열에 올랐다. 내년을 지켜봐야겠지만 올 시즌과 같은 성적을 또 올린다면 연봉이 천정부지로 솟게 된다. 특히 우타 거포가 부족해지고 있는 현 상황에서 찬열은 매력적인 카드다. 게다가 타격에 가려지긴 했지만 그의 포수 능력 역시 뛰어났다.

"어렵군, 어려워."

옵트아웃을 괜히 넣었다.

단장은 후회를 하며 찬열의 계약에 대해 다시 생각을 해야 했다.

* * *

왠지 그런 날이 있다. 눈을 떴는데 피곤하지 않고 기분이 좋은 날이 말이다. 찬열에게는 오늘이 딱 그랬다.

정오쯤 눈을 떴을 때 컨디션이 좋다는 게 느껴졌다. 기분 좋게 하루를 시작한 찬열은 호텔의 피트니스 센터에서 가볍게 몸을 풀고 샤워를 한 뒤 식사를 했다. 그리고 구장으로 향했다.

웬일인지 신호도 걸리지 않고 빠르게 구장에 도착했다. 차에서 내리자 기다리고 있던 팬들이 보였다.

"정! 사인 좀 해줘요!"

어린아이 팬이 많은 편이었다. 팬서비스가 좋은 선수로 알려진 찬열이기에 많은 이가 다가왔다.

찬열은 일일이 사인을 해주고는 구장 안으로 들어갔다. 클럽 하우스에는 몇몇 선수가 도착해 있었다. 인사를 나눈 뒤 불펜으로 이동했다. 거기에는 베켓이 벌써 나와 어깨를 풀고 있었다.

펑—! 펑—! 펑—!

실내에서 공을 던지기 때문에 소리가 쩌렁쩌렁 울렸다. 불펜 포수의 미트에 박히는 소리가 좋았다. 가볍게 던지는데도 볼 끝이 살아서 미트에 박혔다.

'컨디션이 좋군.'

베켓과 호흡을 맞춘 지도 어느덧 4개월이 흘렀다. 덕분에 그의 공을 보고 컨디션을 파악할 수 있을 정도는 됐다. 어깨를 돌리던 베켓이 찬열을 발견했다.

"정! 언제 왔어?"

"방금. 오늘 공 좋다."

"사실 나도 그렇게 생각하고 있어."

베켓이 자신감 있게 말했다. 투수 본인이 저렇게까지 말할 정도라면 정말 좋은 거다.

'오늘은 느낌이 좋아.'

＊＊＊

보스턴 레드삭스는 홈에서 볼티모어를 맞이했다.

선발은 베켓, 그리고 찬열이 마스크를 썼다.

1회 초.

컨디션이 좋은 베켓은 극강의 모습을 선보였다.

펑-!

"스트라이크! 아웃!"

[단 6개의 공으로 삼진 2개를 올리는 조시 베켓!]

[오늘 컨디션이 좋아요. 구석구석을 찌르는 제구력이 일품입니다. 정찬열 선수의 미트가 움직이지 않아도 될 정도로 제구력이 좋습니다.]

아닌 게 아니라 베켓의 오늘 컨트롤은 마치 신이 내린 것 같았다. 자신이 원하는 코스에 정확히 공을 꽂아 넣었다. 그렇다고 구속이 떨어지는 것도 아니다. 오히려 평균 구속보다 1마일가량 더 빨랐다. 체감 속도는 더할 것이다.

'공의 회전이 평소보다 좋다. 컨디션이 무척 좋은가 본데?'

컨디션이 좋은 건 베켓만이 아니었다. 지금 찬열의 눈에는 그라운드의 모든 것이 들어왔다. 수비들의 움직임이나 경기에 집중하는 것은 물론이거니와 배트를 쥔 타자의 숨소리까지 느껴졌다.

'이 녀석은 오늘 컨디션이 별로 좋지 않나 본데?'

닉 마케이키스의 표정이 썩 좋지 않았다. 특히 배트를 쥐고 있는 모습이 엉성했다.

'하긴, 이 시점에는 부상 한두 개쯤은 가지고 있지.'

야구 선수가 부상 없이 시즌을 끝내는 건 극히 드문 일이다. 겉으로 내색하지 않을 뿐 한두 가지 부상은 안고 있다. 메이저리그라고 해서 다를 건 없었다.

'오늘 커브가 좋으니.'

찬열이 미트를 내밀었다. 스트라이크존에서 밑으로 떨어지는 각이 큰 커브를 요구했다.

베켓이 고개를 끄덕이고 공을 뿌렸다.

쐐액—!

포물선을 그리며 날아오는 공에 마케이키스의 배트가 돌았다.

딱—!

하지만 공의 위에 배트가 맞으며 바로 앞에서 바운드가 되어 힘없이 내야에 떨어졌다. 대시하던 2루수가 공을 잡아 그대로 1루에 송구.

퍽—!

"아웃!"

가볍게 아웃 카운트가 올라갔다.

삼자범퇴.

아주 좋은 시작이었다.

* * *

양 팀의 경기는 투수전으로 이어졌다.

오리올스의 투수도 인상적이었지만 오늘 주인공은 조시 베켓이었다.

[6회 초에도 한 개의 탈삼진을 추가하며 퍼펙트 피칭을 이어가고 있는 조시 베켓!]

[오늘 피칭은 정말 완벽 그 자체입니다. 포심의 구속도 좋고 커브

의 제구도 정말 잘되고 있습니다.]

6이닝 퍼펙트 행진.

탈삼진은 11개를 뽑아내며 올 시즌 최고의 모습을 보여주고 있었다.

무엇보다 투구 수가 인상적이었다. 6회 초가 끝난 시점에 고작 65개를 던진 상황. 퍼펙트게임까지 노려볼 수 있는 상황이었다.

더그아웃에 돌아간 베켓은 홀로 벤치에 앉아 휴식을 취했다. 떠들썩해야 될 상황이지만 누구도 입을 열지 않았다.

일종의 불문율이다.

같은 팀 투수가 퍼펙트게임, 노히트노런을 기록 중일 때는 최대한 조용히 해주는 게 말이다.

찬열도 베켓에게 다가가지 않았다. 평소라면 경기에 대해 이야기를 나눴겠지만 지금은 아니었다. 그의 신경을 분산시킬 필요는 없었다.

'베켓의 어깨를 가볍게 해줘야 되는데.'

프랑코나 감독은 스코어를 확인했다.

0 대 0.

오리올스도 베켓의 완벽한 피칭에 막혔지만 레드삭스 역시 타격이 터지지 않았다. 다른 점은 안타가 나오고 있지만 점수로 이어지지 않고 있다는 것이다. 베켓의 부담감이 커질 수밖에 없었다.

'이번 이닝에 점수를 내야 한다.'

6회 말.

레드삭스는 중심 타선부터 공격이 시작된다. 그 시작을 3번 제이슨 베이가 안타로 포문을 열었다.

딱-!

[쳤습니다! 중견수 앞에 떨어지는 안타! 선두 타자가 출루합니다!]

그리고 찬열이 타석에 들어섰다.

[오늘 경기에서 안타와 볼넷으로 두 번 모두 출루를 했던 정찬열 선수, 하지만 득점으로 이어지지는 못했습니다. 과연 이번 공격에서 팀의 선취점을 뽑아줄 수 있을지.]

오리올스의 두 번째 투수인 크리스 레이가 초구를 뿌렸다.

1구는 몸 쪽 포심.

"볼!"

2구는 밑으로 떨어지는 커브.

"볼!"

[2구 연속 볼이 들어옵니다. 갑자기 제구가 흔들리나요? 아니면 피하는 건가요?]

'피하는 건 아니다.'

크리스 레이의 공을 본 찬열은 그가 피할 생각이 없음을 알고 있었다. 피할 생각이었다면 아슬아슬하게 공을 던질 이유가 없었다.

'승부를 해온다.'

크리스 레이가 3구를 뿌렸다.

"흡-!"

몸 쪽으로 붙어오던 공이 흔들리더니 스트라이크존으로 들어갔다. 투심이었다.

'지금!'

찬열의 배트가 돌아갔다.

후웅-!

상체가 회전을 하며 돌아간 배트가 공을 쪼갤 듯이 때렸다.

따악-!

경쾌한 소리와 함께 공이 그대로 센터로 향했다.

[넘어갑니다!! 시즌 33호 홈런을 터뜨리는 정! 찬! 열!]

점수를 내줘야 할 타이밍이었다. 그리고 찬열은 팀이 원하는 걸 해주었다.

완벽한 4번 타자의 모습이었다. 더그아웃에 들어온 그를 팀원들이 조심스럽게 맞이해 주었다.

베켓의 신경이 분산되지 않게 말이다.

그때였다.

따악-!

경쾌한 소리가 그라운드에 울렸다. 고개를 돌리니 1루로 산책하듯 뛰어가는 오티즈의 모습이 보였다.

[백투백이 터집니다! 정찬열 선수의 투런포가 터진 직후 빅파피! 오티즈의 솔로포가 그린 몬스터를 넘습니다!]

순식간에 3점의 리드.

베켓의 어깨가 한결 가벼워졌다. 타자들이 힘을 내자 베켓 역시 호투로 그들의 믿음에 보답했다.

7회, 8회.

두 번 모두 무안타로 오이올스 타선을 틀어막았다. 하지만 투구 수가 조금 늘어났다. 8회 초가 끝난 시점에 베켓의 투구 수는 90개가 되었다.

구속도 조금 줄었다. 95마일의 강속구는 7회부터 사라졌고 8회에는 90마일까지 떨어졌다.

'지친 건가?'

마스크를 쓰는 찬열의 얼굴에 걱정이 어렸다. 하지만 이내 고개를 저었다.

'포수가 흔들리면 투수도 흔들린다. 지금은 내가 버팀목이 되어야 해.'

마음을 다잡는 사이 8회 말이 끝났다.

찬열과 오티즈의 백투백 홈런 이후 더 이상의 추가점은 없었다.

3점의 리드.

한순간에 경기가 뒤집힐 수도 있다. 하지만 찬열은 거기까지 내다보지 않았다.

'한 구, 한 구 베켓의 공을 받는 데 최선을 다하자.'

퍼펙트게임을 경험하는 게 처음은 아니다. 한국에서도 윤

정길과 함께 9회까지 퍼펙트게임을 이어갔다. 그러나 마지막 순간 실패했다. 그런 실패를 반복하고 싶지는 않았다.

[퍼펙트게임이 걸려 있는 운명의 9회가 지금 시작됩니다!]

찬열이 사인을 냈다.

'포심으로 간다.'

구속이 떨어졌다고는 해도 베켓의 주 무기는 포심이다. 그것을 빼놓고 리드를 하는 건 있을 수 없다. 베켓 역시 같은 생각인 듯 고개를 끄덕였다.

'코스는 바깥쪽 낮게.'

다시 한 번 고개를 끄덕이고 베켓이 투수판을 밟았다. 그리고 1구를 뿌렸다.

"흐읍—!"

기합 소리가 캐처 박스까지 들렸다.

쐐액—!

바람을 가르고 날아오는 공이 미트에 그대로 박혔다.

뻐엉—!

"스트라이크!"

구심의 콜과 함께 찬열의 눈이 커졌다.

'뭐야?'

찬열이 구속을 확인했다.

94마일.

이전 이닝까지만 하더라도 90마일을 던지던 베켓이다. 그런데 9회에 들어 무려 4마일이 늘어났다. 게다가 미트에서 느껴지는 공의 위력은 8회와 전혀 달라져 있었다.

'설마 힘을 아끼고 있었다고?'

무려 퍼펙트게임이다. 120년 역사의 메이저리그에서도 고작 18번밖에 나오지 않은 기록이다. 그런 대기록을 작성하고 있으면서도 완급 조절을 했다는 게 믿기지 않았다.

'대단하네.'

찬열은 자신이 던진 공을 받으며 미소를 짓는 베켓의 여유를 보며 할 말을 잃었다.

'여유가 있다 이거지.'

베켓의 저력을 확인한 찬열이 2구의 사인을 냈다.

이번에도 포심.

그런데 코스가 몸 쪽이었다.

베켓이 다시 한 번 사인을 확인했다.

찬열은 똑같은 코스를 요구했다.

'퍼펙트게임인데 몸 쪽이란 말이지.'

베켓의 미소가 짙어졌다. 대부분 퍼펙트게임이 이어지고 있을 때는 몸 쪽보다 바깥쪽을 요구한다. 자칫 잘못해서 데드볼이 나오면 퍼펙트게임이 깨지기 때문이다.

찬열도 8회까지는 그런 리드를 해왔다. 그런데 9회에 느닷없이 몸 쪽을 요구했다.

'나쁜 선택은 아니야.'

타자 역시 몸 쪽은 없을 거라 생각하고 있을 것이다. 실제로 배트를 쥐고 있는 모습이 바깥쪽을 노리고 있는 모양새였다.

이럴 때 몸 쪽이 들어가면? 타자의 머리를 복잡하게 할 수 있다.

'재밌는 녀석이라니까.'

그렇다고 하더라도 이런 사인을 내다니? 대단한 배짱이 아닐 수 없었다.

'그럼 던져 줘야지.'

베켓 역시 배짱으로는 지지 않을 사내였다. 와인드업과 함께 2구를 뿌렸다.

"흡-!"

쐐액-!

펑-!

"스트라이크!"

[몸 쪽을 날카롭게 찌르는 포심 패스트볼! 96마일이 나옵니다! 오늘 경기에서 가장 빠른 공을 몸 쪽으로 던졌습니다!]

위험한 공이었다. 반개만 빠졌어도 타자의 유니폼을 스칠 수 있었다. 하지만 대가는 달콤했다. 몸 쪽 공으로 인해 머리가 복잡해진 타자는 3구째에 헛스윙을 했다.

퍽-!

"스트라이크! 아웃!"

[커브에 배트가 돌아갑니다! 남은 아웃 카운트는 단 두 개!]

공에 아직 위력이 있다.

'하지만 커브의 각도가 줄었다. 위험할 수도 있겠어.'

커브는 장단이 있었다. 힘이 있을 때는 타자의 배트를 이끌어내기에 아주 좋은 구종이다. 하지만 힘이 떨어졌을 때는 이야기가 달라진다. 아무래도 구속이 느리고 위에서 아래로 떨어지다 보니 어퍼 스윙의 좋은 먹잇감이 된다.

'커브를 빼야 된다.'

문제는 커브는 베켓의 주 무기 중 하나라는 점이다.

'하지만 빼야 돼.'

찬열은 과감하게 선택했다.

남은 두 명의 타자.

커브는 포기하고 간다.

[정찬열 선수 사인을 냅니다.]

[과연 어떤 공을 선택할지 궁금하네요. 베켓 선수, 이번에도 바로 사인을 받아들입니다.]

[베켓과 정찬열 선수의 호흡이 꽤 잘 맞는군요.]

[정찬열 선수는 학구파입니다. 같은 팀 선수라도 연구를 게을리하지 않죠. 그렇기 때문에 투수의 장점을 잘 파악하고 있습니다. 좋아하는 코스, 어떤 타이밍에 무슨 구종을 원하는지 알기 때문에 충돌이 일어날 이유가 없는 거죠.]

[그렇군요. 베켓 선수, 공 던집니다!]

"흡-!"

힘껏 공을 뿌렸다. 공을 놓는 순간 찬열의 얼굴이 굳었다. 공의 궤적이 바깥쪽이 아닌 가운데로 들어왔기 때문이다.

딱-!

타자의 배트가 돌았다. 타구가 3루 라인 밖으로 튀어나갔다. 아슬아슬했다.

'공은 낮게 와서 파울이 됐다.'

불행 중 다행이었다. 조금만 더 높게 왔다면 어떻게 됐을까? 상상만 해도 간담이 서늘했다.

'공이 생각보다 일찍 보인다.'

조시 베켓은 디셉션이 좋은 투수다. 공을 잘 숨긴다는 의미다. 하지만 체력이 떨어져서 그런지 디셉션이 제대로 이루어지지 않고 있다.

'내가 공을 본다는 건 타자 역시 볼 수 있다는 거다.'

이럴 때는 그냥 패스트볼보다는 변형 패스트볼이 더 좋은 효과를 냈다.

'투심 패스트볼, 낮게!'

몸 쪽에 붙는 코스를 유도했다. 고개를 끄덕인 베켓이 공을 뿌렸다. 직구처럼 날아오는 공에 타자의 배트가 돌았다.

그 순간 공의 궤적이 뱀처럼 몸 쪽으로 휘었다. 하지만 타자 역시 당황하지 않고 팔을 몸 쪽으로 붙이며 스윙의 궤적을 바꾸었다.

따악-!

'제길!'

타구가 높게 그리고 빠르게 날아갔다. 찬열이 마스크를 벗고 타구를 눈으로 좇았다. 우중간으로 날아가는 타구에 우익수와 중견수가 뒤로 물러났다. 중견수는 백업 플레이를 위해 앞에 섰고 우익수가 펜스에 찰싹 붙었다.

[아아아아! 큽니다! 이건 커요!]

모든 이가 마음을 졸이고 타구를 바라봤다. 펜스를 넘어갈 수도 있을 정도로 컸다.

그 순간.

우익수가 펜스를 밟고 점프했다. 그리고 있는 힘껏 팔을 뻗었다.

퍽-!

"와아아아아!"

우익수의 미트에 공이 박히는 순간, 모든 관중이 자리에서 일어나 환호를 내질렀다.

[잡았습니다! 잡았어요! 엄청난 슈퍼 캐치가 나왔습니다! 이게 메이저리그예요!]

"후우-!"

찬열이 안도의 한숨을 내쉬었다. 그제야 마운드 위의 베켓이 눈에 들어왔다. 글러브를 치며 정말 좋아하는 그의 모습이 인상적이었다.

'반드시…….'

고비를 넘겼다. 이제 분위기는 레드삭스에게 왔다.

'남은 아웃 카운트는 단 하나.'

심장이 뛰기 시작했다. 사실상 퍼펙트게임은 그라운드의 모두가 이루어내는 것이다.

"후우-!"

두 번째지만 여전히 떨렸다. 하지만 긴장을 하면 실수가 나온다.

찬열은 한숨을 내뱉고 집중했다.

'단지 아웃 카운트 하나일 뿐이다.'

그의 표정이 차분해졌다. 더 이상 가슴이 뛰는 것도 느낄 수 없었다. 캐처 박스에 앉은 그의 눈에 타자가 타석에 들어오는 게 보였다.

'우리만 긴장한 게 아니다.'

배트를 쥐고 있는 타자 역시 긴장하고 있었다. 퍼펙트게임을 깨야 한다는 생각에 타자도 긴장하게 마련이다. 그건 사람이라면 누구나 마찬가지다.

찬열은 다소 편안한 마음으로 사인을 냈다.

[위기를 넘긴 조시 베켓! 과연 퍼펙트게임을 이룰 수 있을지, 남은 아웃 카운트는 단 한 개입니다!]

베켓이 와인드업을 했다.

"차앗-!"

빽-!

"스트라이크!"

[괴성과 함께 뿌린 1구! 93마일이 찍히는 포심 패스트볼입니다! 바깥쪽 낮은 코스로 정확히 들어갔어요!]

베켓이 2구를 던졌다.

"흐앗-!"

딱-!

"파울!"

[1루 쪽 관중석으로 떨어지는 파울입니다! 이번에는 89마일이 찍혔습니다. 투심으로 보이는데요. 이전 타자에게 장타를 맞았지만 투심을 던지는 배짱! 멋집니다!]

3구와 4구, 그리고 5구는 볼이 들어왔다. 힘이 들어가면서 제구가 흔들린 것이다.

찬열이 진정하라는 뜻으로 양손을 아래로 내렸다.

고개를 끄덕인 베켓이 로진을 손에 묻히며 긴장을 풀었다.

'이제 변화구는 필요 없다.'

지금 이 순간 필요한 건 정면승부였다.

기백이 더 강렬한 쪽이 이긴다.

찬열은 그렇게 생각하고 몸 쪽으로 미트를 내밀었다. 고개를 끄덕인 베켓이 와인드업을 했다.

[제6구! 과연 마지막 공이 될 수 있는가?!]

"흐아아앗!"

젖 먹던 힘을 쥐어짰다. 모든 힘을 집중해 있는 힘껏 공을 뿌렸다.

'낮다!'

손에서 공이 떠나는 순간, 찬열은 궤적이 낮게 들어옴을 간파했다.

찰나의 순간.

모든 집중력을 끌어올렸다. 그의 시선에 들어오는 모든 것이 느려지는 착각이 들었다.

'공을 끌어 올려야 돼!'

프레이밍을 해야 된다. 머리는 알고 있지만 그의 몸도 느려진 상황이다. 하지만 찬열은 모든 힘을 끌어올려 천천히 자세를 잡았다.

'어깨는 움직이면 안 된다.'

오늘 구심은 포수의 움직임까지 세밀하게 본다. 이런 구심에게는 몸 전체가 움직이는 것보다는 아주 작게 움직이는 게 좋았다.

그때 타자의 배트가 멈췄다.

낮다고 판단한 것이다.

찬열은 손목을 비틀어 엄지손가락이 아래로 향하게 했다.

좌악-!

공이 미트에 들어오는 순간, 손목을 틀면서 엄지손가락을 비틀어 올렸다.

좌르륵-!

공이 미트의 웹에서 돌았다. 동시에 집중력이 깨지면서 시간이 원래대로 돌아왔다. 엄지손가락이 욱신거렸다.

그때 고통을 날려 버릴 구심의 목소리가 들려왔다.

"스트라이크! 아웃!"

"와아아아아!"

관중들의 환호성이 터져 나왔다.

찬열은 마스크를 벗어 던지며 마운드로 달려갔다.

"베켓!"

"정!"

서로를 끌어안는 두 사람의 위로 내야수들이 일제히 올라탔다.

[역사가 만들어졌습니다! 메이저리그 역사에 남을 19번째 퍼펙트게임에 달성하는 조시 베켓! 그리고 메이저리그 역사상 동양인 최초로 퍼펙트게임의 파트너로 남게 될 정찬열 선수입니다!]

4장

기록은 끝나지 않았다

보스턴에 축제가 벌어졌다.

시민들은 베켓의 퍼펙트게임을 축하했다.

모든 보스턴 지역지에서는 베켓의 퍼펙트게임에 대한 찬양을 쏟아냈다.

덩달아 찬열에 대한 기사도 많아졌다.

[보스턴의 안방마님 찬열 정!]

[올해의 신인왕은 그의 몫!]

한국에서도 베켓의 퍼펙트게임을 대대적으로 보도했다.

포커스는 베켓이 아닌 찬열에게 집중되긴 했지만 어쨌든 엄청난 양의 기사가 쏟아졌다.

퍼펙트게임 다음 날.

찬열도 휴식을 받고 푹 쉬었다.

퍼펙트게임을 달성할 때는 투수도 힘들지만 포수 역시 극도의 체력 저하를 느낀다. 그래서 감독 나름대로의 배려를 해준 것이다.

찬열은 오랜만에 푹 쉬고 다음 날 클럽 하우스에 나왔다.

"정!"

짐을 풀던 찬열은 익숙한 목소리에 고개를 돌렸다.

거기에는 베켓이 서 있었다.

그가 손에 들고 있던 케이스를 건넸다.

"네 덕분에 퍼펙트게임 달성할 수 있었다."

"이건……."

케이스를 연 찬열의 눈이 커졌다.

'ROLEX'라는 글자가 새겨져 있는 시계였다. 명품에 대해 잘 모르지만 롤렉스가 어떤 브랜드인지 알고 있었다.

"너무 비싼 거 아니야?"

"넌 받을 자격이 있어."

메이저리그에서는 퍼펙트게임, 노히트노런을 달성한 투수가 포수에게 선물을 해주는 경우가 있다.

그만큼 포수의 역할이 크기 때문이다.

고가의 물건이긴 하지만 계속 거절할 수도 없었다. 성의를 무시한다고 생각할 수도 있으니 말이다.

고민 끝에 찬열은 시계를 받았다.

"잘 간직할게."

"그래."

뜻하지 않은 선물이 생겼다.

* * *

퍼펙트게임을 합작하면서 찬열의 수비력에 대한 부분이 재조명받기 시작했다.

사실 그동안 찬열의 공격력에 대해서는 누구도 의문을 제기하지 않았다.

하지만 수비력은 아니었다.

포수의 수비라는 게 워낙 겉으로 드러나지 않는다.

또한 이번 시즌 레드삭스의 투수진의 평균 자책점이 좋은 편이 아니었다.

그 이유를 신인인 찬열의 탓으로 돌리는 블로거도 몇몇 있었다.

간혹 거기에 반발하는 기사도 있었지만 결코 많지 않았다.

하지만 이젠 아니었다.

퍼펙트게임을 달성하자 수많은 기자와 전문가가 그에 대한 찬양을 쏟아냈다. 특히 베켓과 인터뷰를 한 기자들이 그런 기사를 많이 냈다.

베켓은 자신의 퍼펙트게임에 대한 공을 모두 찬열에게 넘겼다. 실제로도 찬열 덕분에 퍼펙트게임을 달성할 수 있었다 생각했고 말이다.

찬열은 그런 기사에 호응이라도 하듯 멋진 모습을 연이어 보여주었다.

[볼티모어와의 시리즈를 스윕으로 가져간 레드삭스, 이제는 시애틀로 장소를 옮겨 매리너스와 시리즈 첫 경기를 시작합니다.]

시애틀 매리너스와 보스턴 레드삭스의 대결.

이 대결은 한국과 일본에서 많은 화제를 몰고 왔다.

바로 일본의 전설 스즈키 이치로와 찬열이 양 팀에 소속되어 있기 때문이다.

[오늘 경기는 일본에서도 많은 관심을 가지고 있죠?]

[그렇습니다. 기존의 마쓰이 선수가 보유하고 있던 아시아 최다 홈런기록을 갱신한 정찬열 선수, 그리고 메이저리그에 역사를 쓰고 있는 스즈키 이치로 선수가 맞대결을 하기 때문이죠.]

[WBC의 후유증인지 몰라도 시즌 초반에는 경기에 출전하지 못하던 이치로인데요. 하지만 후반으로 달려가는 이때, 역시 이치로라는 말이 나올 정도로 좋은 성적을 거두고 있습니다.]

[올해에도 골드글러브 수상은 거의 확실시되는 분위기입니다. 타율 역시 3할은 무리 없이 달성할 것으로 보이고요.]

천재 타자라는 말이 어울리게 이치로는 올 시즌에도 압도적인 성적을 보여주고 있었다.

딱-!

[3구를 통타! 유격수 키를 살짝 넘는 안타입니다. 역시 맞추는 스윙은 정말 발군입니다.]

[골치 아픈 타자가 나갔습니다. 이치로 선수 올 시즌 도루가 적긴 합니다만 20개가 넘는 도루를 기록 중입니다. 정찬열 선수의 머리가 복잡해지겠네요.]

이치로의 장점 중 하나는 빠른 발이었다.

1루에 나간 그는 리드 폭을 크게 가져가면서 투수의 신경을 거슬리게 만들었다.

'달릴 생각이 가득하군.'

이치로의 리드를 확인한 찬열이 사인을 냈다. 그러면서도 곁눈질로 이치로의 일거수일투족을 놓치지 않으려 했다.

'딘이 우투이기 때문에 반드시 뛴다. 문제는 타이밍인데…….'

이치로는 1볼 2스트라이크가 될 때까지 뛰지 않았다.

하지만 공을 던질 때마다 2루로 스타트를 끊어 투수의 타이밍을 끊어놓으려 했다.

확실히 골치 아픈 주자다.

[이치로 선수, 계속해서 신경을 거슬리게 만들고 있습니다.]

4구의 사인을 내는 찬열의 눈에 이치로가 들어왔다.

이전보다 리드 폭이 좁았다.

'이상한데?'

이상함을 느낀 찬열이 바깥쪽 코스를 요구했다.

원래라면 변화구를 요구했어야 될 상황이다. 하지만 찬열은 포심 패스트볼 사인을 냈다.

고개를 끄덕인 딘이 눈으로 이치로를 견제하고는 바로 홈플레이트로 발을 뻗었다.

그 순간.

탁-!

이치로가 달렸다.

부웅-!

타자의 배트가 돌아갔다.

히트앤드런이다. 하지만 찬열이 요구한 코스는 스트라이크존이 아니다.

공 한 개는 빠지는 위치였다. 거기까지는 예상하지 못한 듯 타자의 배트가 헛돌았다.

퍽-!

미트에 공이 박혔다.

그 순간 자리에서 일어나며 미트에서 공을 뺐다.

"흡-!"

짧은 기합과 함께 공을 뿌렸다.

딘이 급하게 몸을 숙였다.

그의 머리 위로 날아간 공이 정확히 2루 베이스 위에 도달했다.

촤아악-!

이치로가 헤드 퍼스트 슬라이딩을 했다.

퍽-!

공을 포구한 2루수가 스치듯 이치로의 헬멧을 글러브로 때렸다.

“아웃!”

심판의 손이 올라갔다.

[정찬열 선수!! 이치로를 잡아냅니다!! 2루에 도착하지 못하고 객사하는 이치로!! 순식간에 아웃 카운트 두 개가 올라갑니다!]

[아~ 이치로 선수, 분함을 이기지 못하고 헬멧을 던집니다.]

찬열과 이치로의 대결은 찬열의 완승으로 돌아갔다.

객사를 당한 이치로는 이후 타석에서 무안타로 침묵했다. 반면 찬열은 1홈런 포함 3타점을 올리며 최고의 활약을 펼쳤다.

당연하게도 한국은 축제 분위기였다. 각종 커뮤니티에는 일본의 반응을 번역한 글을 퍼다 나르며 찬열의 승리를 축하했다.

메이저리그에서 찬열이 활약하자 국내 야구계에 이상한 현상이 일어났다. 바로 리틀 야구에 포수를 지망하는 학생이 하나둘 늘어나기 시작했다는 것이다.

본래 포수는 야구의 3D 포지션이라 할 수 있다.

모든 포지션을 통틀어 가장 힘들다. 고생도 많이 한다. 그라운드의 노예라는 말이 나오는 이유가 있었다. 특히 부모들은 자식들에게 포수를 시키고 싶어 하지 않았다.

하지만 찬열의 메이저리그 진출 이후 모든 게 바뀌었다. 포수는 투수 다음으로 각광받는 포지션이 됐다. 부모들은 자식에게 마스크를 씌우기 위해 노력했다. 아이들 역시 미트를 손에 끼는 걸 즐거워했다. 제2의 정찬열이 되기 위해서 말이다.

찬열은 어느새 대한민국 야구를 바꿔가고 있었다.

* * *

[아메리칸리그 신인왕 경쟁에서 멀찌감치 달아난 정찬열, 다음 목표는?]

어느 신문기사의 타이틀이었다.

한국 언론 특유의 오버스런 문구라고 생각할 수도 있다.

하지만 국내 야구팬들 중 누구도 저 문구가 과하다고 생각하지 않았다.

미국에서도 찬열을 아메리칸리그 신인왕 후보 1위로 뽑았다.

그만큼 찬열의 활약은 루키들 중 최고였다.

그랬기에 국내 팬들은 각종 커뮤니티에서 찬열의 다음 목표에 대해 토론을 나누었다.

–지금 페이스라면 홈런왕 가능하지 않음?

–푸홀스가 홈런 몇 개임?

–44개인가 그럴걸?

–9개나 차이 나네. 무리임, 무리.

사람들의 관심은 단연 홈런왕 타이틀이었다.

메이저리그는 양대 리그 통틀어 홈런왕을 뽑았다.

현재 가장 앞서고 있는 건 살아 있는 전설이라 불리는 앨버트 푸홀스였다.

그는 시즌 종료까지 한 달을 앞둔 시점에서 44개의 홈런을 기록 중이었다.

압도적 1위는 아니었지만 2위권과는 차이가 있는 상황.

언론에서도 그의 홈런왕 등극을 점치고 있었다.

하지만 먹구름이 조금씩 끼기 시작했다.

[앨버트 푸홀스 7경기 연속 침묵!]

[홈런을 기록하지 못하는 홈런왕?]

극심한 부진에 빠진 것이다.

가지각색의 이유가 쏟아져 나왔다.

부상을 입었다는 이야기가 가장 많이 언급됐다.

실제로 푸홀스는 홈런만이 아니라 안타와 타점도 줄었다.

푸홀스가 주춤하는 사이 2위권 선수들이 빠르게 뒤를 쫓았다.

특히 찬열의 기세가 대단했다.

9월의 절반이 지났을 무렵, 찬열의 홈런 개수는 어느덧 39개까지 치솟았다.

아메리칸리그 전체 1위에 오른 것이다.

양대리그 전체로 봤을 때는 앨버트 푸홀스, 프린스 필더, 그리고 라이언 하워드의 뒤를 잇는 4위에 올랐다.

홈런의 숫자는 크게 차이 나지 않았다.

동양인 최초의 홈런왕이란 타이틀이 눈앞에 아른거렸다.

한국은 벌써부터 난리였다.

찬열이 홈런왕 타이틀을 차지하면 일본도 해내지 못한 대업을 이루는 것이다.

보스턴 팬들 역시 찬열의 홈런왕 타이틀을 꿈꿨다.

레드삭스, 아니, 아메리칸리그는 작년에 40홈런을 기록한 타자가 나오지 않았다.

한데 찬열이 40홈런을 눈앞에 두고 있었다.

기대를 할 수밖에 없는 상황이다.

＊＊＊

찬열은 일찌감치 구장에 나왔다.

트레이닝 룸에 들어서자 몇몇 선수가 운동을 하고 있었다.

찬열은 라커룸에서 옷을 갈아입고 러닝머신에 올라섰다.

벨트 위를 달리자 곧 땀이 흐르기 시작했다. 서서히 몸이 달아오르고 근육이 풀리는 게 느껴졌다.

속도를 더해 빠르게 달렸다.

오늘은 경기가 있는 날이기에 찬열은 적당히 운동을 하고 마사지 룸으로 이동했다.

"오, 정! 불편한 곳이 있어?"

"다리 쪽에 근육이 조금 불편하네요."

"그래? 이쪽에 누워 봐."

마사지사인 가네샤가 다리를 주물럭거렸다.

덩치가 있어 악력도 좋았고 전문가의 손길로 주무르자 불편했던 부분이 괜찮아졌다.

"근육이 긴장됐어. 요즘 경기에서 무리하는 거 아니야?"

"그럴 시기니까요."

"하긴, 양키스 망할 놈들이 턱밑까지 추격했지?"

"하하……."

보스턴에서 양키스는 적 그 자체였다.

시민들만이 아니라 직원들 역시 양키스를 싫어했다.

"다음 시리즈에서 양키스와 붙을 때 확실하게 이겨야 돼. 그래야 편하게 디비전 시리즈에 진출하지."

현재 양키스는 1경기 차이로 2위에 랭크되어 있다.

그러니 마지막 시리즈가 중요했다.

확실히 격차를 벌려야 디비전 시리즈 직행을 할 수 있게 된다.

"자! 다 됐어."

"고마워요."

야구 선수는 시즌 도중 수많은 부상을 당한다. 하지만 경기에 큰 영향이 없는 경우 부상을 참고 경기에 출전한다.

팀, 그리고 팬에 대한 예의다.

찬열 역시 마찬가지다.

라커룸 앞에서 옷을 벗은 그의 허벅지에는 시퍼렇게 멍이 든 자국이 그대로 있었다.

며칠 전 타자의 파울 타구에 직격당한 부위다.

이런 곳이 한두 군데가 아니었다.

때로는 전력질주 하는 주자와 충돌하기도 했다.

그래서 뇌진탕이 왔던 적도 있다.

허벅지 근육이 긴장한 이유도 앉았다 일어나기를 반복하기 때문이다.

단련이 되어 있는 찬열이지만 긴 시즌 동안 피로가 누적이 됐다. 회복력이 빠르다고는 하지만 근육에 피로가 축적이 되면서 최근 근육이 당기는 일이 자주 일어났다.

그걸 눈치챈 프랑코나 감독이 로테이션을 돌려주며 찬열의 부담을 덜어주는 게 그나마 다행이었다.

'조금만 더 힘내자.'

찬열은 자신을 다독였다.

* * *

오늘 찬열은 마스크를 쓰지 않았다.

지명 타자로 경기에 출전했기 때문이다.

그 대신 마스크를 쓴 건 웨이크필드의 전담 포수인 잭 해리슨이었다.

너클볼은 숙련이 되어 있지 않으면 잡기 힘들다.

그렇기에 전담 포수를 두고 공을 던졌다.

찬열은 이미지 트레이닝으로 웨이크필드의 너클볼을 잡는 모습을 연상했다.

하지만 이미지는 이미지일 뿐이었다.

'해리슨이 잘하고 있…….'

딱-!

"악-!"

타격 소리와 동시에 비명 소리가 들려왔다.

번뜩 정신을 차린 찬열의 시선이 비명이 들린 곳으로 향했다. 거기에는 해리슨이 쓰러져 있는 게 보였다.

"뭐…… 뭐야?!"

"타구에 맞았다."

옆에 있던 베리텍이 말했다.

찬열이 그를 쳐다봤다.

베리텍이 손가락으로 자신의 발을 가리켰다.

발에 맞았다는 뜻이다.

찬열의 얼굴이 절로 일그러졌다.

게다가 타자는 템파베이의 크리스 페냐다. 아메리칸리그 홈런 2위에 랭크되어 있는 그의 풀스윙에 인한 파울팁이다.

엄청난 충격이 전달됐을 것이다.

'부상이 아니어야 될 텐데.'

동료의 부상이 걱정됐다.

* * *

경기는 레드삭스의 패배로 돌아갔다.

하지만 최악은 잭 해리슨의 부상이었다.

그는 전치 4주의 부상을 입었다. 발등의 뼈에 금이 가면서 올 시즌에 더 이상 경기를 뛸 수 없게 됐다.

프랑코나 감독과 코치진이 바빠졌다.

"일단 베리텍을 전담 포수로 기용해야 됩니다. 너클볼을 잡아봤던 경험이 있는 건 그밖에 없으니까요."

프랑코나 감독도 같은 생각이었다.

현시점에서 웨이크필드의 너클볼을 잡을 수 있는 건 베리텍밖에 없었다.

시즌 후반 동료의 부상에 클럽 하우스의 분위기가 약간 침울해졌다.

하지만 선수들은 곧 원래의 페이스를 찾아갔다.

그리고 운명의 시리즈가 다가왔다.

바로 양키스와의 시즌 마지막 시리즈가 말이다.

"현재 우리 레드삭스와 양키스의 경기 차는 0.5경기 차이다. 이번 시리즈의 결과로 순위가 바뀔 수도 있다."

양키스의 최근 페이스는 매우 좋았다.

시즌 초반 부진하던 사바시아가 후반기 접어들어 미칠 듯한 페이스로 질주했다.

얼마나 페이스가 좋은지 사이영상 후보로 급부상했을 정도다.

타격에서는 지터와 테세이라가 쌍끌이를 하고 있었다.

지터는 통산 2,700안타를 넘으며 이치로의 뒤를 이어 200개가 넘는 안타를 때려냈다.

논란의 로드리게스 역시 30개의 홈런에 근접해 있었다.

투타의 조화가 이루어지면서 양키스는 우승 후보로 급부상했다.

양키스와의 1차전 선발은 조시 베켓이 나선다.

그리고 마스크는 찬열이 썼다.

* * *

[펜 웨이 파크는 경기 시작 전부터 뜨겁게 달아오르고 있습니다.]

[레드삭스와 양키스의 경기이다 보니 그럴 수밖에 없죠.]

[동부 지구의 왕좌를 두고 싸우는 양 팀. 하지만 한국 팬들에게는 역시 정찬열 선수의 40홈런 달성이 가장 큰 관심사일 텐데요.]

[맞습니다. 39홈런을 친 이후 4경기 연속 홈런포가 나오지 않고 있는 정찬열 선수입니다.]

베켓이 연습 투구를 끝내자 1번 타자 데릭 지터가 타석에 들어섰다.

"플레이볼!"

[경기 시작합니다!]

찬열이 미트를 내밀었다. 그의 머릿속에는 데릭 지터의 최근 10경기에 대한 정보가 들어 있었다.

'지터도 체력이 떨어져서 그런지 몸 쪽 공의 대응이 늦어지고 있다. 반면에 바깥쪽 공에는 전체적으로 타이밍을 잘 맞추고 있어.'

초구는 몸 쪽, 포심을 요구했다.

FM에 가까운 지터는 초구를 지켜보는 성향이 컸다.

"흡-!"

쐐액-!

초구가 날아오자 지터의 배트가 돌았다.

딱-!

"파울!"

지터의 스윙은 과감했다.

베켓의 공이 좋았으니 망정이지 조금만 느렸다면 정타가 나왔을 것이다.

'상대도 내 정보를 수집했다 이거지.'

찬열은 변수도 대입해 베켓을 리드했다.

지터는 투수판을 밟는 베켓을 보며 정신을 집중했다.

'정의 리드는 공격적이다. 특히 베켓의 퍼펙트게임을 합작했을 때는 패스트볼 계열의 비율이 60퍼센트에 달할 정도로 높았다.'

베켓의 장점이 포심이라고는 해도 높은 비율이었다.

'2구 역시 승부를 걸어올 것이다.'

결론을 내렸을 때.

베켓이 다리를 들었다.

지터 역시 거기에 타이밍을 맞춰 스윙을 가져갔다.

"흡-!"

쐐액-!

공이 날아왔다.

패스트볼의 궤적이었다. 그리고 몸 쪽이다.

자신이 최근 몸 쪽 공의 타격이 약하다는 걸 알고 있는 공략이다.

지터는 왼발을 오픈 스탠드로 벌리면서 팔을 배 쪽으로 최대한 붙였다.

'맞아라!'

배트가 홈 플레이트 위를 지나가는 순간.

공이 느려지더니 그대로 뚝 떨어졌다.

부웅-!

지터의 배트가 허무하게 허공을 갈랐다.

'체인지업?!'

그의 얼굴이 일그러졌다.

수 싸움에서 완벽하게 패배했다.

'제길…….'

"나이스! 나이스!"

이를 악무는 지터의 뒤로 찬열이 일어나 베켓에게 공을 던졌다.

'역시 몸 쪽을 노리고 있었군.'

지터는 위대한 타자다. 본인의 약점을 알고 상대 포수의 성향까지 생각해 공략법을 생각해 냈다.

'거기서 한 번 더 틀어서 다행이지.'

수 싸움에서 이긴 찬열은 이후에도 완벽하게 양키스 타선을 농락하며 양키스 타선을 눌렀다.

딱-!

[내야 땅볼입니다. 2루수 안전하게 잡아 1루에 송구, 아웃입니

다! 1회를 삼자범퇴로 막아내는 레드삭스입니다.]

* * *

사바시아와 베켓.

두 에이스는 이름값에 걸맞은 완벽 투구를 선보였다.

특히 베켓은 퍼펙트게임 이후 또 한 번 7회까지 단 1개의 볼넷만을 허용하며 완벽한 피칭을 해나갔다.

8회 선두 타자인 테세이라에게 안타를 맞으며 노히트노런 행진이 깨졌다.

하지만 마운드를 내려가는 그에게 레드삭스 팬들은 기립 박수를 치며 그의 호투에 대단한 성원을 보냈다.

베켓이 내려갔지만 사바시아는 여전히 마운드를 지켰다.

퍽-!

"스트라이크! 아웃!"

[10개째 삼진을 잡아내는 사바시아! 9회 말까지 무실점으로 막아내며 마운드를 내려옵니다! 양 팀의 경기는 연장전으로 이어집니다!]

1차전부터 치열한 경기였다. 양 팀의 선수들의 집중력이 최고조에 달했다. 레드삭스의 마운드에는 세 번째 투수인 닉이 올라와 있었다. 3년 차지만 빠른 공을 던지는 투수였다.

타석에는 A-로드가 서 있었다.

"우우우우-!"

그가 등장하자 레드삭스 관중석에서는 어김없이 야유가 쏟아졌다.

닉이 와인드업을 했다.

좌투인 닉이 뿌린 공이 A-로드의 몸 쪽으로 휘어져 갔다.

'너무 붙었어!'

찬열이 깜짝 놀라며 몸을 옆으로 틀었다.

A-로드 역시 공이 자신을 향해 날아오자 놀라 몸을 숙였다.

쿵-!

퍽-!

몸에 맞지는 않았다.

하지만 너무 심하게 넘어졌다.

A-로드는 자리에서 벌떡 일어나며 헬멧을 내던졌다.

"Fuck!"

욕설을 뱉은 A-로드가 마운드를 향해 걸어갔다.

"실투였어. 진정해."

"비켜, 이 자식아!"

퍽-!

A-로드가 찬열을 밀쳤다.

최근 많은 일이 있으면서 신경이 날카로워진 그였다. 그렇기에 작은 일에도 크게 반응을 보였다.

거구의 로드가 밀쳤지만 찬열은 밀리지 않았다. 오히려 그의 몸을 감싸며 투수를 보호했다. 그게 포수의 역할이었다.

"놔!"

'큭!'

로드가 그를 옆으로 밀쳐 냈다.

워낙 힘이 좋은 로드였기에 찬열이 밀려났다.

하지만 그 짧은 순간을 견딘 덕분에 레드삭스의 선수들이 몰려왔다.

[양 팀의 벤치가 깨끗하게 비워집니다! 벤치 클리어링이 벌어졌습니다!]

[A-로드가 너무 민감하게 반응을 했어요. 정찬열 선수가 매우 잘 막아줬습니다. 막지 않았으면 난투극이 될 뻔했습니다.]

벤치 클리어링이 조금 길어졌다.

찬열은 코치와 함께 조금 떨어진 곳에서 그 모습을 지켜봤다.

"몸은 괜찮아? 다친 곳은 없고?"

코치의 말에 찬열이 상태를 살폈다.

다행히도 이상이 없는 것 같았다.

고개를 끄덕이자 코치가 두 번, 세 번 물은 뒤에 당부를 했다.

"혹시 경기 중에 몸 상태가 이상해지면 바로 말해야 된다. 경기 도중의 충격이 아니기 때문에 어떤 형태로 나타날지 몰라."

"네."

다시 고개를 끄덕였다.

때마침 벤치 클리어링이 마무리되고 있었다.

코치는 더그아웃으로 돌아갔다.

구심은 로드에게 엄중 경고를 주었다.

닉 역시 마찬가지였다.

'영향이 없어야 될 텐데.'

투수는 정밀한 기계와도 같았다. 아주 작은 충격으로도 페이스를 잃기도 했다.

불행히도 안 좋은 예상은 언제나 맞아 떨어졌다.

딱─!

로드의 배트가 돌아갔다.

센터로 날아간 타구가 그대로 담장을 넘었다.

[아~ 10회 초, A-로드의 솔로포가 터집니다.]

닉이 고개를 떨어뜨렸다.

완벽한 실투였다.

찬열이 요구한 건 바깥쪽 낮은 코스다. 하지만 들어온 공은 몸 쪽 높은 곳으로 들어왔다. 몸 쪽 높은 코스는 거포들이 가장 좋아하는 곳 중 하나였다.

제대로 힘을 실을 수 있기 때문이다.

'제길……. 내가 올라가서 진정시켰어야 했는데.'

명백한 실수다.

평소라면 그랬을 테지만 벤치 클리어링은 회귀 후 처음 겪는 일이었다.

경험이 없다 보니 대응법이 틀렸다.

그 결과는 최악이었다.

프랑코나 감독은 결국 닉을 마운드에서 내렸다.

질책성 강판은 아니었다. 또다시 점수를 주면 경기를 완전히 내주는 게 되기 때문이다.

마운드에 마무리 조나단이 올라왔다.

퍽-!

"스트라이크! 아웃!"

딱-!

"아웃!"

퍽-!

"스트라이크! 아웃!"

10개의 공으로 아웃 카운트 3개를 올렸다.

대단한 조나단이었다.

문제는 이제 보스턴이 수호신 리베라를 잡아야 된다는 것이다.

뻑-!

"아웃!"

첫 타자를 삼구삼진으로 돌려세웠다.

여전히 빠른 공이다. 특히 컷 패스트볼은 타자들의 배트가 허공을 가르게 만들었다.

'난감하네.'

대기 타석의 찬열은 방망이를 돌리며 타이밍을 잡았다.

올 시즌 찬열은 리베라와 딱 1번 상대했다. 그리고 홈런을 때렸다.

그때의 기억을 떠올리려 애썼다.

'컷 패스트볼은 분명 위력이 있다. 하지만 던지는 순간 릴리스 포인트가 미세하게 차이가 나.'

다른 사람이라면 거의 캐치하기 어려운 차이다.

하지만 찬열은 해냈다.

한 번 해낸 일을 두 번이라고 못할 리는 없었다.

그때였다.

딱-!

[기습 번트! 3루수 대시해서 공을 잡아 한 바퀴 돌면서 1루에 던집니다!]

퍽-!

[세이프인가요?! 아웃인가요?!]

1루심의 손이 좌우로 펼쳐졌다.

"세이프! 세이프!"

[세이프입니다! 기습 번트로 1루에 진출하는 대타 디에고 선수! 정말 발이 빠릅니다!]

[프랑코나 감독의 작전이 정확히 먹혔습니다. 한 방보다는 뒤의

정찬열 선수에게 이어주기 위해 발이 빠른 디에고 선수를 대타로 내보냈습니다.]

찬열이 타석으로 걸어갔다.

"정! 정! 정!"

레드삭스 팬들이 자리에서 모두 일어났다.

박수와 함성이 쏟아졌다. 플래카드를 들고 왔던 한인 팬들은 일제히 플래카드를 흔들었다.

"정~ 찬열! 안타!"

한국어로 외치는 응원 소리도 간간히 들렸다.

그때 양키스 선수가 하나둘 마운드로 모였다. 그리고 감독인 조 지라디가 마운드를 방문했다.

[수호신 리베라가 마운드를 지키고 있는데도 지라디 감독이 마운드에 오릅니다! 그만큼 우리 정찬열 선수를 경계한다는 거 아니겠습니까?]

[맞습니다. 현재 아메리칸리그 홈런 단독 선두가 누굽니까? 바로 우리 정찬열 선수입니다! 게다가 리베라 선수는 올 시즌 정찬열 선수에게 홈런을 허용했던 적도 있습니다!]

조 지라디 감독이 마운드를 내려갔다. 리베라는 가볍게 팔을 돌리고는 마운드에 섰다. 사인 교환까지 끝나자 1구를 뿌렸다.

퍽-!

"볼!"

슬라이더였다.

큰 폭으로 꺾이면서 존을 벗어났다.

퍽-!

"볼!"

이번에는 포심이었다.

역시나 바깥쪽에 꽂혔다.

'좋은 공은 주지 않는군.'

단 2개의 공이었지만 확실했다.

리베라가 위대한 마무리가 될 수 있었던 건 확실한 제구력이다.

실제로 방금 들어온 포심은 구심의 성향에 따라 스트라이크가 선언될 수 있는 위치였다.

퍽-!

"스트라이크!"

3구에서는 스트라이크가 꽂혔다.

아쉬웠다.

딱-!

"파울!"

성급하게 배트가 돌아갔다. 아쉬움을 떨쳐 내지 못한 탓이다.

혀를 차며 타석을 벗어났다.

가볍게 배트를 돌려 기분 전환을 했다.

'분명 승부를 걸어올 거야.'

천하의 리베라다.

승부를 피하지 않을 거라 판단을 내렸다.

퍽-!

"볼!"

5구는 낮게 떨어지면서 볼이 됐다.

풀카운트.

큰 것을 포기해야 했다.

리베라가 다리를 앞으로 뻗었다. 동시에 주자가 리드를 최대한 많이 가져갔다.

여차하면 홈까지 파고들겠다는 생각이었다.

"흡-!"

리베라의 기합 소리가 홈까지 들려왔다.

그렇게 뿌린 공이 맹렬한 기세로 날아들었다.

바깥쪽 높은 코스였다.

찬열이 허리를 돌렸다.

부앙-!

굉장한 기세로 배트가 돌아갔다.

1/3가량 돌아갔을 때.

'이건!'

갑자기 공이 옆으로 흘러나가기 시작했다.

'커터!'

공의 구질을 파악한 찬열이 손목을 비틀며 배트를 잡았다.

퍽-!

배트는 홈 플레이트 위에서 멈췄다. 뒤이어 공이 미트에 꽂혔다. 리베라가 돌았다는 제스처를 하는 게 보였다. 포사다 역시 손가락을 하늘로 향한 채 원을 그리며 1루심을 바라봤다. 모든 이의 시선이 1루심에게 향했다.

"세이프."

하지만 1루심은 또다시 양손을 좌우로 펼쳤다.

[볼넷입니다! 스윙을 멈추며 볼넷을 얻어내는 정찬열 선수!]

[아슬아슬했습니다.]

1사 주자는 1, 2루가 되었다. 레드삭스의 팬들은 여전히 열렬한 응원을 보냈다. 아니, 오히려 찬열이 타석에 있을 때보다 더 큰 응원 소리가 펜웨이 파크를 들썩이게 만들었다.

[빅 파피가 타석에 들어섭니다!]

데이비드 오티즈.

레드삭스의 심장이라 할 수 있는 남자가 들어왔기 때문이다. 오티즈는 팬들의 응원에 보답하듯 3구째 배트를 힘차게 돌렸다.

딱-!

[잘 맞았습니다! 좌익수! 중견수 뒤로 이동합니다!]

[아~ 이건 커요!]

[넘어가느냐?!]

퍽—!

하지만 타구는 더 이상 날아가지 못했다. 그린 몬스터에 맞고 튕겨져 나왔기 때문이다.

[아쉽습니다! 그린 몬스터에게 먹히고 마는 타구! 하지만 2루 주자였던 디에고는 가볍게 홈인! 10회 말에 동점을 만드는……!]

거기서 끝난 줄 알았다. 그런데 3루에 접근하는 찬열이 속도를 줄이지 않고 베이스를 통과했다.

[아-! 홈을 노리는 정찬열 선수! 하지만 이미 지터에게 전달되는 공! 지터 바로 홈으로 공을 뿌립니다!]

아슬아슬한 타이밍. 모든 이가 숨을 죽이고 상황을 지켜봤다. 찬열은 디에고가 양팔을 밑으로 내리는 제스처에 그대로 몸을 날렸다.

촤아아악—!

퍽—!

흙먼지가 일어났다.

찬열과 포에다. 서로 뒤엉킨 두 사람을 향해 모든 이의 시선이 집중됐다.

"세이프!"

[세이프입니다! 세이프! 포에다 선수! 포구를 제대로 하지 못했습니다!]

포에다의 발밑에 굴러가는 공을 본 구심의 정확한 판정이 나왔다.

[10회 말 역전을 만들어내는 레드삭스입니다! 그리고 그 중심에는 한국의 정찬열 선수가 있었습니다!]

발로 만들어낸 1점이다. 머리 위로 쏟아지는 물세례와 동료들의 환호를 받으며 찬열은 진심으로 기뻐했다.

* * *

그 날 밤.

찬열은 호텔이 아닌 구단 지정 병원에 있었다. 그의 곁에는 프랑코나 감독과 코치가 함께 서 있었다.

딸칵-!

문이 열리고 주치의가 들어왔다. 안면이 있는 프랑코나 감독이 그에게 물었다.

"결과는 나왔나?"

"음……. 아쉽지만 부상이야. 종아리 근육이 파열됐어."

찬열의 얼굴이 어두워졌다. 경기가 끝난 직후에는 느끼지 못했다.

하지만 클럽 하우스로 돌아와 긴장이 풀렸을 때. 허벅지에서 통증이 느껴졌다.

찬열은 옷을 벗어 통증이 느껴진 곳을 육안으로 확인했다. 왼쪽 허벅지가 시퍼렇게 멍이 들어 있었다. 그것을 바로 코칭스태프에게 이야기했고 병원을 찾게 된 것이다. 늦은 시간이지만 구단 지정 병원이기에 진찰과 정밀 검사를 받을 수 있었다. 결과가 좋길 바랐지만 최악이었다.

"얼마나 심한 건가?"

"전치 4주는 안정을 찾아야 돼."

"4주라니……."

정규 시즌은 날아가는 게 된다.

게다가 상황에 따라서는 포스트 시즌에서도 출전하지 못할 수 있었다.

"타격도 못하는 상태인가?"

"정이 우타이니까 무리지. 모든 무게가 왼쪽 다리에 실리니까 말이야."

"하아……."

프랑코나 감독이 한숨을 내쉬었다.

찬열은 레드삭스의 주축 선수 중 한 명이었다. 특히 찬스를 잡았을 때 그가 보여주는 해결력은 어떤 선수도 따라올 수 없을 정도였다.

그런 선수가 빠지게 되다니.

머리가 아파왔다.

의사의 말이 이어졌다.

"경기 영상도 봤는데 아마 10회 초에 있었던 A-로드와의 몸싸움 때 근육에 무리가 갔을 거라고 생각이 드네."

"벤치 클리어링 때?"

"음, 그때 보니 A-로드가 당기면서 다리를 내디디며 버티더군. 아마 그때 미세 파열이 있었을 거라는 생각이 들어. 그 정도라면 1~2주 정도면 치료가 가능하지. 문제는 10회 말에 있었던 전력질주야."

"아……."

"미세 파열은 고통이 적기 때문에 선수가 모를 수 있지. 문제는 그 상황에서 전력질주를 하면서 찢어진 근육에 더욱 무리가 갔고 그렇게 되면서 찢어진 부위가 넓어진 거지."

찬열은 한숨을 내쉬었다.

어째서 몰랐던 걸까?

그런 찬열의 생각을 읽었는지 의사가 그의 어깨를 토닥였다.

"경기에 집중하다 보면 미세 파열의 고통은 눈치채지 못할 수도 있어."

"네……."

* * *

[정찬열 전치 4주의 부상!]

한국이 발칵 뒤집혔다.

메이저리그에서 최고의 활약을 펼치던 찬열이 부상을 입었다는 소식이 전해졌기 때문이다.

인터넷에서는 A-로드와의 몸싸움이 부상의 원인이라는 글이 급속도로 퍼졌다.

처음에는 대부분의 사람이 루머라 생각했다.

하지만 레드삭스와 양키스의 2차전.

선발투수로 마운드에 오른 존 레스터가 A-로드에게 초구를 맞추자 루머가 아닌 사실로 밝혀졌다.

2차전 벤치 클리어링은 몸싸움을 벌인 오티즈와 A-로드가 퇴장을 당하는 사태로까지 이어졌다.

그 모습을 병원에서 지켜보는 찬열의 마음은 그 어느 때보다 무거웠다.

"제길……."

이를 악물며 그는 빨리 치료가 되기를 기원했다.

하지만 찬열도 사람이었다.

마음과는 달리 치료는 예정된 속도로 천천히 이어졌다.

그사이 레드삭스는 양키스와의 순위가 뒤집히면서 2위로 시즌을 마감했다.

다행히 승률이 높아 와일드카드에 진출할 수 있었다.

하지만 레드삭스는 와일드카드전에서 패배, 플레이오프가 그대로 종료됐다.

첫 번째 시즌.

최고의 활약을 펼쳤지만 마지막 순간, 모든 걸 망쳐 버린 기분이 들었다.

'우승이 코앞이었는데…….'

찬열은 아쉬운 마음을 가슴에 품고 첫 번째 시즌을 마감했다.

타율 3할 7리, 안타 181개, 홈런 39개, 타점 127개.

메이저리그 첫 번째 시즌에서 거둔 찬열의 성적이었다.

[정찬열 한국인 최초 메이저리그 올해의 신인 수상!]

올해의 신인은 KBO의 신인왕과 같은 상이다.

한국인이 올해의 신인상을 받는 건 찬열이 최초였다.

경사는 거기서 끝이 아니었다.

[포수 부문 실버슬러거를 수상한 정찬열!]

실버슬러거의 최대 라이벌은 조 마우어였다.

역대급 시즌을 보낸 마우어는 메이저리그 역사상 최고의 타율을 기록한 포수가 됐다.

하지만 그 외에는 찬열의 완승이었다.

실버슬러거를 수상한 한국인 역시 찬열이 최초였다.

한국인 선수로는 역사를 썼다.

하지만 정작 본인은 아쉬움이 남은 시즌이었다.

특히 마지막 순간을 함께하지 못한 것에 대한 아쉬움이

켰다.

찬열은 그 아쉬움을 해소하기 위해 미국에 남았다.

정확히 말하면 한국에 들어갈 시기를 늦춘 것이다.

부상이 완치가 되기 전에는 긴 비행을 자제하기 위해 귀국 시기를 늦췄다. 대신 병원을 출근하듯 다니며 상태를 세심하게 체크했다.

"완치되었습니다."

담당의사의 말에 찬열이 안도의 한숨을 내쉬었다.

"후유증은 없겠죠?"

"근육은 모두 아물었습니다. 혹시나 싶어 전체적인 부분을 정밀 검사했습니다. 기억하시죠?"

기억난다. 얼마 전 꽤 긴 검사를 이틀 간격으로 받았다.

"예."

"그때 검사 결과가 지금 나왔습니다. 천만다행으로 다른 부위에도 부상의 흔적을 찾을 수 없었습니다."

"감사합니다."

찬열이 인사를 하고 병원을 나왔다.

그의 곁에는 김영재가 같이 걷고 있었다.

"이제 완치됐으니 한국에 돌아가야지?"

"네, 그래야죠."

한시라도 빨리 가족들이 보고 싶었다. 언제든지 볼 수 있는 한국에 있을 때는 몰랐는데 미국에서는 외로움이 무척이나 강했다. 매일은 아니더라도 어느 날 갑자기 외로움이 느껴졌다.

운동으로 푸는 것도 하루 이틀이다. 게다가 시즌까지 끝나니 외로움은 뼛속까지 사무치게 왔었다.

"참, 형님. 한국에 돌아가면 운동할 곳 좀 알아봐 주세요."

"바로 시작하게?"

"네, 이번 시즌에 부족한 점을 보완해야 되니까요."

"부족한 점?"

그런 게 있었나 싶다.

그동안 괴물 같은 동양인 선수들이 기록한 대부분의 기록을 갈아 치운 찬열이다.

게다가 최고의 타자만이 받을 수 있는 실버슬러거를 탔다.

그런데도 찬열은 스스로에 대해 만족을 못하는 분위기였다.

"성공적인 데뷔라고는 자평을 해요. 하지만 분명 한계도 느껴졌어요. 특히 5월과 6월의 부진이 컸습니다."

4월, 찬열은 정말 대단한 성적을 올렸다.

양대 리그 통틀어 최고로 많은 홈런을 때렸고 월간 MVP까지 수상했다.

하지만 5월과 6월, 찬열의 홈런 개수는 주춤했다.

만약 두 달의 부진이 없었다면 찬열의 최종 성적은 경악스러웠을 것이다.

"전 이제 연구됐어요. 내년 시즌에는 더 이상 루키가 아니게 되죠. 그러니 저 역시 변해야 합니다. 그래야 메이저리그에서 살아남을 수 있어요."

운전석에 오른 김영재가 고개를 끄덕였다.

"알았다. 그럼 한국에 돌아가는 대로 훈련 장소를 알아보마."

"감사합니다. 그리고 트레이닝 코치도 부탁드릴게요."

"음, 코치는 너와 함께 운동을 했던 한영호 씨에게 부탁해 볼까?"

"아니요. 다른 분으로 알아봐 주세요."

의외로 단호하게 거절하는 찬열의 모습에 김영재가 의아한 표정을 지었다.

"왜? 호흡이 잘 맞지 않았었나?"

"분명 잘 맞았어요. 훈련에 대한 부분 역시 전문적이고요. 하지만 제 몸이 너무 익숙해졌습니다."

"아……."

사람은 적응의 동물이다.

한 사람과 꾸준히 훈련을 하다 보면 아무래도 같은 방식으로 훈련을 하게 된다. 그러다 보면 자신도 모르게 몸이 익숙해진다.

"이번에는 야구 쪽 전문 트레이너와 함께해 보고 싶습니다."

"음, 알았다. 내 인맥을 동원해서 알아보도록 하마."

"감사합니다."

그 뒤로도 많은 이야기를 나누며 호텔로 향했다.

다음 날.

찬열은 짐을 챙겨 호텔을 나왔다.

그동안 정이 들었던 직원들과 내년을 기약하며 인사를 나누고 호텔을 떠났다. 공항에 도착한 찬열은 김영재와 함께 비행기에 올랐다.

'한국에 간다.'

미국에서의 첫해가 마무리됐다.

* * *

인천공항.

찬열은 게이트를 넘지 못하고 대기하고 있었다.

공항 측에서 마련해 준 대기실에 앉아 있는 찬열은 한숨을 내쉬었다.

"후우-! 기자들이 올 거라고는 예상했지만 이 정도로 많이 오다니."

찬열이 대기실을 나가지 못한 이유는 기자들 때문이다.

예상보다 많은 기자가 공항을 찾았다. 게다가 팬들 역시 찾아오면서 인천공항 측에서는 안전 때문에 별도의 인터뷰룸을 준비하기로 했다.

'부모님이 기다리실 텐데.'

당연히 공항에는 부모님도 마중을 나오셨다.

그런데 게이트를 나서지 못하니 얼굴을 볼 수가 없었다.

그때 문이 열리고 김영재가 들어왔다. 뒤이어 반가운 얼굴이 연이어 들어왔다.

"아들~!"

부모님이었다.

"어머니! 아버지!"

찬열이 자리에서 일어나 어머니를 끌어안았다.

"아이고~ 우리 아들 얼굴 보기 힘들어서 어쩌니?"

"저도 보고 싶었어요."

"고생 많았다."

가족들의 상봉이 한참 동안 이어졌다.

인사를 끝낸 찬열이 김영재를 바라봤다.

"룸 준비가 조금 늦어져서 공항에 양해를 구하고 부모님만 이곳으로 모셔왔다. 이 대기실이 게이트 안쪽이 아니라서 다행히도 모시고 들어올 수 있었어."

"감사합니다, 형님."

김영재에게 인사를 하고 부모님과 대화를 나누었다.

혼자 있을 때는 그렇게나 시간이 가지 않았는데 신기하게도 부모님과 이야기를 나누니 시간이 빨리 가는 느낌이었다.

그리고 곧 공항 직원이 들어왔다.

"정찬열 선수, 준비 끝났습니다."

"네, 그럼 다녀오겠습니다."

"그래, 우리는 주차장에서 기다리마."

"말 잘하고, 알았지?"

"네."

부모님과 짧은 헤어짐을 뒤로하고 찬열이 공항 직원의 뒤를 따랐다.

긴 복도를 따라 걷는 도중에 공항 직원이 수첩과 펜을 내밀었다.

"저기…… 정찬열 선수, 제가 정말 팬인데 사인 한 장만 부탁드려도 될까요?"

"네, 물론이죠. 성함이 어떻게 되시죠?"

"장용철입니다."

"장용철 씨……. 여기 있습니다."

"이야, 감사합니다. 올 시즌 정말 대단한 활약 잘 봤습니다. 부상은 어떻게 다 치료되셨나요?"

"네, 말끔하게 나았습니다."

"정말 다행이네요. 참, 인터뷰 룸에 기자가 꽤 많이 와 있습니다."

"얼마나 왔죠?"

"대략 100여 명입니다. 지금까지 연예인들 입출국할 때 많이들 오긴 했지만 이 정도까지 몰리는 건 처음 봤어요. 그리고 팬들까지 합치면 숫자가 500명은 될 겁니다."

"많…… 군요."

인천공항이 안전사고를 염려했던 이유를 깨달았다.

"아, 저기입니다."

직원이 복도의 끝에 보이는 문을 가리켰다.

"후우-!"

문 앞에서 찬열이 한숨을 내쉬자 직원이 눈짓으로 준비가 되었냐는 신호를 보냈다. 찬열이 고개를 끄덕이자 직원이 문을 열었다.

* * *

[보스턴 레드삭스의 정찬열 선수가 오늘 귀국했습니다. 인천공항에는 많은 취재진과 팬이 몰려 그의 귀국을 축하했습니다. 인천공항 측이 마련한 별도의 공간에서 진행한 인터뷰를 통해 정찬열 선수는 부상이 모두 완치가 되었음을 알렸습니다. 또한 내년 시즌을 위해 빠르게 훈련에 들어갈 것임을 밝혔습니다.]

공항을 나온 찬열은 오랜만에 가족들과 오붓한 시간을 보냈다.

친척들도 모두 모여 찬열의 성공적인 데뷔를 축하했다.

"이야~ 이게 메이저리그 실버 슬러거들한테 주는 트로피구나."

작은아버지가 은색으로 빛나는 방망이를 형상화한 트로피

를 보며 눈을 빛냈다.

그건 현성이나 다른 아이들 역시 마찬가지였다.

"메이저리그 시상식은 어떻던? 막, 할리우드 배우나 가수들이 오던?"

작은아버지의 질문에 찬열이 고개를 저었다.

"메이저리그는 따로 시상식이 없어요."

"응? 그게 무슨 소리야?"

"워낙 다양한 국가의 선수가 있다 보니 시즌이 끝나면 모두 고국으로 돌아가기 바빠요. 가족들을 우선시하는 문화거든요. 그러다 보니 시상식은 따로 없고 지역 언론 인터뷰가 전부예요."

"오…… 그러냐?"

"네, 저도 원래는 일주일 전쯤에 들어왔어야 되는데 부상 때문에 조금 늦어진 거예요."

"부상은 다 나은 거고?"

"네, 말끔합니다."

자신의 허벅지를 툭툭 치며 말하는 찬열의 모습에 작은아버지가 안심하듯 고개를 끄덕였다.

"그래, 정말 수고 많았다. 자, 한 잔 받아라."

작은아버지가 사이다병을 들며 말했다.

찬열이 술을 자제한다는 걸 알기에 굳이 술을 권하지 않으셨다.

가볍게 잔을 부딪치며 즐거운 식사 시간이 이어졌다.

* * *

정말 푹 쉬었다.

일주일 동안 언론 인터뷰, 광고 등.

그 어떤 일도 하지 않고 쉬기만 했다.

김영재가 일단은 쉬어야 된다면서 모든 일정을 뒤로 미뤄 준 덕분에 시즌을 치르면서 지쳤던 육체가 어느 정도 회복된 느낌이었다.

"그럼 다녀오겠습니다."

"그래, 조심히 다녀오렴."

"옙!"

찬열은 오랜만에 집을 나섰다.

쉴 만큼 쉬었으니 이제는 일을 해야 할 때였다.

지하 주차장으로 내려오자 김영재가 기다리고 있었다.

"푹 쉬었어?"

"예, 덕분에 정말 잘 쉬었습니다."

"그래, 그럼 슬슬 움직이자."

찬열이 차에 오르자 부드럽게 운전을 하며 지하 주차장을 빠져나갔다.

"오늘 일정은 인터뷰로 잡았다. 많은 언론에서 요청이 왔지만 그중에 3곳만 잡았어.”

김영재가 수첩을 건넸다.

거기에는 이름만 들어도 알 만한 잡지사 3곳의 이름이 적혀 있었다.

“한곳에 모여서 인터뷰하기로 했으니까 시간은 오래 걸리지 않을 거다. 점심에는 퍼펙트 코리아 지사장이랑 약속이 잡혀 있다.”

“그렇군요.”

“퍼펙트 코리아 측에서 최근 재계약을 하자는 연락을 받았다. 메이저리그에서 활약을 하면서 지명도가 올라갔으니 조건도 대폭 상승될 거다.”

“그 부분은 맡기겠습니다.”

“그래. 참, 그리고 훈련 장소 말인데. 두 곳으로 후보를 압축했다. 다음 페이지에 적어뒀어.”

페이지를 넘기자 두 곳의 상호와 주소가 적혀 있었다.

“한 곳은 인천이다. 설비는 조금 떨어지지만 일단 집에서 가깝다는 장점이 있지. 다른 한 곳은 강남에 있어서 조금 멀다. 대신 설비만 놓고 보면 한국에서 최고인 곳이다.”

“강남으로 하도록 하죠.”

“그래, 그리고 트레이닝 코치도 후보를 3명으로 추렸다. 그중에서 네가 마음에 드는 사람을 고르면 다음 주부터 운동을 시작할 수 있을 거다. 내용은 메일로 보내둘게.”

"예, 알겠습니다."

차는 곧 미용실에 도착했다.

아무래도 잡지사 인터뷰다 보니 꾸미고 가야 되기 때문이다.

찬열의 등장에 미용실이 한바탕 난리가 났다.

특히 여자 직원들의 반응이 대단했다. 대놓고 유혹하는 여직원이 있을 정도였다. 물론 거기에 넘어갈 찬열도 아니었지만 말이다.

미용실에서 다시 나왔을 때 찬열은 깔끔한 헤어스타일과 가벼운 메이크업으로 깔끔한 인상을 연출했다.

게다가 옷까지 정장 스타일로 입어 스타일을 최대한 살렸다.

덕분에 인터뷰는 화기애애한 분위기에서 이어졌다.

잡지사에서 나온 세 명의 기자가 모두 여자였다는 점도 크게 작용했다.

인터뷰가 끝난 뒤 찬열은 바로 김영재와 함께 약속 장소로 향했다.

강남에 위치한 고급 한정식 집이었다.

직원의 안내를 받아 룸으로 향했다.

방문을 열자 미리 와서 기다리고 있던 퍼펙트 코리아 지사장 박용수가 두 사람을 맞이했다.

"오랜만입니다. 정찬열 선수, 김 대표님."

가볍게 인사를 나누고 마주보고 자리에 앉았다.

"메이저리그에서의 활약 잘 봤습니다. 정말 대단한 활약이었습니다. 전 한국인 선수가 그런 활약을 보여줄지는 꿈에도 몰랐습니다.”

“칭찬 감사합니다.”

“덕분에 저희 퍼펙트 코리아의 국내 지분이 크게 늘어났습니다. 하하!”

가볍게 건네는 말에 찬열이 미소를 지었다.

곧 문이 열리고 식사가 차려졌다.

“식사부터 하시죠.”

“네.”

고급 음식점답게 음식들 하나하나가 화려했다.

맛도 좋았던 탓에 밥을 세 공기나 비웠다.

대단한 식성이라며 박용수가 놀라워하면서 식사 시간이 끝났다.

곧 다과상이 들어오고 세 사람의 앞에 차가 놓였다.

차를 한 모금 마신 박용수가 분위기를 잡았다.

“처음에도 말씀드렸지만 정찬열 선수 덕분에 퍼펙트의 인지도가 많이 높아졌습니다. 한국만이 아니라 동아시아 쪽에서 말이죠. 덕분에 최근 전 동아시아 총괄 대표로 승진이 됐습니다.”

“축하드립니다.”

“감사합니다. 사실 오늘 이렇게 뵙자고 한 이유는 재계약 건 때문에 이야기를 나누고 싶어서입니다.”

찬열과 김영재가 찻잔을 내려놓고 그를 바라봤다.

"기존의 계약을 파기하고 다년 계약을 맺고 싶습니다. 기간은 3년, 1년의 후원금을 5억, 3년 총액 15억으로 지급할 용의가 있습니다."

한국에서 뛸 당시 후원금이 5천만 원, 메이저리그 진출을 했을 때 2배인 1억이었으니 엄청난 상승을 한 것이다.

"또한 계약을 저희 퍼펙트 코리아가 아닌 본사가 맡기로 했습니다."

"본사가 말입니까?"

김영재가 놀란 눈으로 되물었다.

퍼펙트 같은 대형 회사의 경우 본사와 계약을 하느냐 아니면 지사와 계약을 하느냐의 차이가 크다.

일단 계약 규모가 달라진다.

또한 요구할 수 있는 조건도 다양해질 수 있었다.

"예, 이제 정찬열 선수가 뛰고 있는 무대가 미국이니 지사보다는 본사가 직접 챙기는 게 좋을 것이라 판단했습니다."

확실히 맞는 말이다.

"세부적인 부분은 협의를 통해 조절해 나갈 수 있을 겁니다. 물론 성적에 따른 보너스 역시 협의를 할 수 있고 말이죠."

"긍정적으로 의논을 해보도록 하겠습니다."

"예, 좋은 답변 기다리도록 하겠습니다."

이 자리에서 결정할 수 있는 일이 아니었다.

그렇기에 양측은 이쯤에서 이야기를 마무리하고 한정식 집을 나섰다.

* * *

바쁜 나날이 이어졌다.

다행인 점은 한국에서 활동할 때보다 일이 줄었다는 점이다.

김영재가 중간에서 조절을 해준 덕분이다.

대부분의 일이 마무리가 되어 갔다.

찬열은 시간을 내어 부모님과 오붓한 시간을 보냈다.

어머니가 좋아하시는 미술관도 가고 아버지의 사회인 야구단에도 방문했다.

"영철 삼촌! 거기서는 가만 서 있지 말고 1루수 뒤로 백업을 가 줘야 된다니까요!"

"헤엑…… 헤엑……. 힘들어 죽겠다!"

"원래 포수가 힘든 포지션입니다."

숨을 몰아쉬는 이영철을 보며 찬열이 피식 웃었다.

아버지가 소속된 사회인 야구단은 모두 비슷한 연배의 어른들이었다. 게다가 야구를 처음 시작하는 분이 많았다.

당연히 힘들 수밖에 없었다.

그럼에도 불구하고 매우 열정적이었다.

"그렇게 힘드시면 오늘 연습 그만할까요?"

"흐엑…… 흐엑……. 그…… 그게 무슨 소리야! 그럴 순 없지! 헥…… 헥……. 우리 메이저리거가 오셨는데! 더 해야지!"

"암! 그렇고말고!"

아저씨들이 힘을 내는 모습에 미소가 지어졌다.

"자, 그럼 다시 수비 연습부터 시작할게요! 사회인 야구에서 가장 놓치기 쉬운 공이 1루 악송구예요! 그걸 막아주는 게 포수입니다!"

찬열의 설명에 이영철이 고개를 끄덕였다.

아버지 정기홍은 열성적으로 선수를 가르치는 아들의 모습에 뿌듯한 미소를 지었다.

그동안 야구단에서 많은 구박을 받았던 정기홍이다.

'야구 선수 아들놈 덕분에 이제 어깨 좀 펴겠어.'

아마 다음 주부터는 대우가 달라질 것이다. 하나 기본적으로는 실력이 늘어야 했다.

'집에 가면 운동 방법 좀 배워서 따로 훈련을 좀 하자.'

어느덧 그 역시 사회인 야구의 매력에 풍덩 빠진 상태였다.

* * *

강남의 한 빌딩.

김영재가 섭외한 트레이닝 센터가 있는 곳이다.

일반인 회원은 전혀 없다.

프로 선수들은 전문적으로 트레이닝시키는 곳이었다.

모든 이가 프로인 공간.

그런 곳에서도 찬열의 존재는 무척이나 특별했다.

메이저리그라는 곳이 어떤 곳인지 안다.

그곳에서 대단한 성적을 낸 찬열을 모를 사람은 없었다.

사람들의 관심이 한 몸에 쏟아졌지만 찬열은 시설을 둘러보는 데 정신이 없었다.

'확실히 비싼 곳이라 그런지 시설이 좋네.'

딱히 야구를 전문으로 하는 곳이 아니라 관련 기구는 많지 않았다. 하지만 육체를 단련시키는 데 필요한 기구는 최신식으로 모두 갖추어져 있었다.

특히 재활에 관련된 기계가 많은 점이 좋았다.

"5층에는 재활 전문 클리닉도 운영하고 있습니다. 운동을 하시다 몸 상태가 이상하시면 바로 진단을 받아보실 수 있습니다."

직원의 설명에 고개를 끄덕였다.

"언제부터 운동을 시작할 수 있죠?"

"당장 시작하셔도 무관합니다. 트레이너 선생님과 같이하시겠습니까?"

"예."

코치가 있고 없고의 차이는 크다.

그걸 아는 찬열이기에 트레이너와 함께 훈련을 시작했다.

5장

노력 또 노력

일주일 뒤.

김영재가 한 남자를 데려왔다. 다소 왜소한 체격의 남자였다. 키는 찬열과 비슷한 수준이었지만 덩치가 작았다. 안경도 쓰고 있어 운동을 하는 사람이라는 인상을 주지 못했다. 모델 같다고나 할까?

"찬열아, 이분은 김성일 씨다. 직업은 프로그래머고."

"프로그래머요?"

"반갑습니다. 김성일입니다."

김성일이라 소개한 남자가 손을 내밀었다. 어색한 표정으로 그와 손을 잡았다.

"프로그래머라고 하셔서 당황하셨을 거라 생각이 듭니다."

김성일은 프로그래머다. 그것도 매우 뛰어난 능력을 가지고 있었다. 세계 유수의 기업에서 스카우트 제의가 올 정도였다.

하지만 그는 운동선수들을 전문적으로 훈련시키는 쪽으로 전향했다. 그의 지인들이 모두 이해할 수 없단 반응을 보였다. 김성일을 만류하거나 설득하려 한 이들도 있었다. 그러나 선택을 돌리지 않았다.

그 결과 지금은 세계적으로 유명한 선수들의 훈련을 돕고 있었다. NBA 스타 프리미어리그에서 뛰는 스타들을 맡아 훈련을 도왔다.

하지만 그의 방식을 이해하는 사람은 많지 않다. 그와 계약했던 고객의 대부분이 처음에는 그를 미덥지 않게 봤으니 말이다.

찬열도 같을 거라 생각했다. 하지만 의외의 반응이 나왔다.

"아뇨. 당황하진 않았습니다."

"……그렇습니까?"

"네, 프로그래머라고 하시면 제 신체 능력을 프로그램화해서 훈련을 도와주시는 역할을 하시는 건가요?"

"정…… 확합니다. 어떻게 아셨죠?"

"최근에 그런 식으로 훈련하는 선수들이 있다고 들었습니다. 메이저리그에서도 훈련법이 조금씩 바뀌고 있거든요."

"으흠……."

처음 듣는 이야기다. 하지만 메이저리그에는 자신의 고객이 없었다. 상대는 그 메이저리그에서 뛰는 선수였고 말이다.

당연히 자신이 아는 것보다 더 많은 지식을 알고 있을 것이다.

"그렇군요."

김성일이 미소를 지으며 고개를 끄덕였다.

"그럼 오늘부터 같이 일하는 건가요?"

"일단 해본 뒤에 결정을 내리도록 하겠습니다."

찬열은 여지를 두었다. 김성일이 어떤 방법으로 일할지 몰랐기 때문이다.

그 역시 그것을 이해하는지 웃으며 손을 내밀었다.

"알겠습니다."

"잘 부탁드립니다."

가볍게 인사를 나누고 찬열과 김성일은 훈련에 들어갔다.

그런데 김성일은 또 한 명의 트레이너를 요구했다.

"전 힘쓰는 일은 잘 못합니다. 그러니 전문 트레이너분이 계시는 게 더 좋을 겁니다."

찬열은 그의 요구대로 센터의 트레이너에게 도움을 요청했다. 추가 비용이 나가긴 했지만 상관없었다.

김성일은 옆에서 어떤 훈련을 해야 될지 지시를 했다.

그러면서 자신이 가지고 온 기계를 이용, 찬열의 몸 상태를 자세하게 체크했다.

'폐활량이 좋다. 웬만한 축구 선수와 비교할 수 있을 정도

로 높아.'

구기 종목을 통틀어 가장 높은 폐활량을 자랑하는 종목은 축구였다. 90분 동안 쉼 없이 110야드를 뛰어다녀야 되니 괴물 같은 폐활량을 자랑했다.

찬열은 그런 축구 선수들과 비슷한 폐활량을 자랑했다.

그 뒤로도 한참 훈련을 진행했다.

김성일은 자신의 프로그램에 그 모든 수치를 기록했다.

긴 시간이 지나고 훈련이 끝났다.

샤워를 끝내고 찬열이 대기실로 들어섰다.

"분석이 끝났습니다. 이쪽으로 앉으시죠."

빨라도 너무 빨랐다.

하지만 이 역시 김성일의 능력이라 생각하며 그의 맞은편에 앉았다.

김성일이 노트북의 화면을 찬열 쪽으로 돌렸다.

노트북에는 3D로 구현된 남자의 모습이 나타나 있었다.

그 옆에는 영어로 된 문자와 수치들이 보였다.

뭔지 알 수 없었다.

김성일이 설명을 이어가기 전까지 말이다.

"제 프로그램은 각 분야의 톱클래스 선수들의 데이터를 조합, 운동에 이상적인 신체를 만들어냈습니다. 거기에 회원들의 신체 능력을 대입, 부족한 부분을 강화하는 형식으로 훈련 프로그램을 짰습니다."

김성일이 손가락으로 숫자를 가리켰다.

그 옆에는 퍼센트 표시가 되어 있었다.

“정찬열 회원님의 경우 전체적인 밸런스가 매우 좋게 잡혀 있습니다. 이런 분은 극히 드물어요.”

칭찬에 찬열의 기분이 좋아졌다.

“하지만 약점도 있습니다. 지구력이 조금 떨어집니다. 물론 야구 선수들에 비하면 좋은 편입니다. 특히 국내 레벨은 이미 넘었어요. 하지만 메이저리그의 톱클래스 선수들에 비하면 역시 조금 떨어지고 있습니다.”

김성일이 키보드를 눌렀다.

그러자 새로운 3D 인체가 나타났다.

“이건 메이저리그 선수들의 데이터를 이용, 산출한 결과입니다.”

“이런 건 어디서 얻습니까?”

“영업 비밀입니다.”

웃으며 대답을 회피한 김성일이 설명을 이었다.

“올 시즌 정찬열 회원님의 경우 신체 능력을 백 퍼센트 발휘하지 못했습니다. 그게 좀 아쉬워요.”

“발휘하지 못했다고요?”

“네, 정확히 말하면 너무 홈런에 치중되어 있는 성적이라고나 할까요?”

다시 노트북을 가리켰다.

"이게 순발력을 나타내는 수치입니다. 정찬열 회원님의 경우 순발력만 놓고 보면 단거리 선수에 비교할 수 있을 정도로 수치가 좋습니다. 근육의 탄력 부분에서 조금 보완을 해야겠지만 도루를 꽤 많이 시도해도 괜찮지 않았을까? 싶습니다."

"이런 것도 알 수 있는 겁니까?"

"그 외에도 많이 알 수 있습니다."

별거 아니라는 듯 설명하는 김성일이었다.

하지만 그가 말해주는 것들은 하나같이 대단한 내용이었다.

"선수의 신체 능력을 분석하면 대략적인 성적이 나옵니다. 하지만 절대적 결과는 아닙니다. 경기에는 정신적인 부분의 영향도 크니까요. 하지만 가이드라인을 세울 수 있습니다. 가이드라인이 세워지면 내년 시즌을 위해 무엇을 준비해야 될지 목표가 명확해지고요."

목표가 명확해진다는 것.

매우 중요했다.

목표가 없으면 자신이 무엇을 위해 달려가는지 모르는 경우가 많았다.

그래서 많은 선수가 좋은 트레이너를 만나고 싶어 한다.

자신의 목표를 정하기 위해서 말이다.

그런 점에서 있을 때 김성일은 아주 뛰어난 트레이너였다.

찬열이 뒤에서 대기하고 있던 김영재를 바라봤다.

트레이너 계약 건은 자신이 아닌 김영재가 도맡아서 하고 있다.

찬열의 눈빛을 받은 김영재가 자리에서 일어났다.

"김 대표님, 저와 잠시 이야기를 나누시죠."

"알겠습니다. 그럼 정찬열 회원님, 또 뵙도록 하죠."

인사를 나누고 김성일이 김영재와 함께 대기실을 빠져나갔다.

* * *

다음 날부터 찬열의 훈련이 본격적으로 시작됐다.

그의 곁에는 김성일 그리고 트레이너인 이용현이 함께했다.

김성일의 훈련법은 매우 다양했다.

크로스핏을 접목한 훈련, 웨이트 트레이닝을 접목한 세밀한 근육의 벌크업, 수중 훈련까지도 병행했다.

매일 다른 훈련법을 선택하면서 찬열이 지루해하지 않게끔 도모했다.

"야구 선수들에게 가장 중요한 건 체력을 비축하는 겁니다. 그러기 위해서는 식단을 늘려야 합니다."

김성일은 단순히 훈련에만 관여하지 않았다.

찬열의 식습관은 물론이거니와 생활에까지 밀접하게 관리를 해주었다. 덕분에 찬열은 자신이 무슨 일을 해야 될지 정확히 알고 행동할 수 있었다.

크리스마스가 되었지만 찬열은 김성일과 함께 센터에서 시간을 보냈다.

눈에서 눈물이 나는 것 같았지만 내년 시즌을 위해 크리스마스를 포기했다.

신년은 그래도 가족과 함께 시간을 보냈다.

그 뒤로는 다시 훈련이었다.

덕분에 찬열의 육체는 하루가 다르게 변해 갔다.

작년 시즌 찬열의 몸무게는 90㎏이었다.

지금은 거기서 5㎏이 더 쪄서 95㎏을 유지하고 있었다.

그렇다고 몸이 비대해지거나 하진 않았다.

체지방은 2㎏만 늘렸고 나머지는 근육으로 채웠기 때문이다.

찬열이 훈련에 열중하는 사이.

김영재는 보스턴을 다녀왔다.

레드삭스 구단에서 면담 요청이 왔기 때문이다.

일주일간의 일정을 끝내고 한국으로 돌아온 김영재와 함께 자리를 했다.

"예상대로 레드삭스에서 계약 수정을 요청해 왔다."

"계약 수정이요?"

"연봉을 높이고 계약 기간을 늘리자고 하더구나."

무려 39개의 홈런을 때려낸 찬열이다.

FA가 되는 옵트아웃까지는 21개의 홈런이 남아 있었다.

10시즌에 달성할 게 거의 확실시하는 분위기였다.

레드삭스 구단에서는 당연히 연봉을 높이고 계약 기간을 연장해야 했다.

"조건이 어떻게 되던가요?"

"10시즌 연봉은 500만 불, 인센티브는 200만 불이 더 붙는다. 계약 기간은 7년이고, 매년 100만 불씩 상승하는 조건이다."

엄청난 상승폭이다. 하지만 찬열의 성적을 생각하면 그리 높은 금액도 아니었다.

현재 메이저리그에는 기근이라는 표현을 쓸 정도로 우타 거포가 부족했다. 게다가 찬열은 포수이면서도 40홈런을 때려낼 저력을 가지고 있는 선수였다.

그런 선수가 FA 시장에 나온다면?

수요가 엄청날 게 분명했다.

"거절하도록 하죠."

"그럴 줄 알았다."

예상했다는 듯 김영재가 미소를 지었다.

"훈련은 잘되고 있냐?"

"예."

간단한 대답. 하지만 눈앞에 보이는 찬열의 몸을 본 김영재가 그 대답에 담긴 자신감을 이해할 수 있었다.

몸이 확실히 커졌다. 그리고 거기서 느껴지는 파워가 눈에 보이는 느낌이었다.

"내년 시즌이 기대가 될 정도입니다."

찬열의 말에 김영재 역시 같은 생각을 했다.

그 역시 내년 찬열의 성적이 무척이나 기대가 됐다.

* * *

2월 초.

바디 체크를 했다.

그동안 열심히 훈련을 한 덕분에 찬열의 근육은 마치 갑옷을 입은 것처럼 변해 있었다.

찬열도 본인의 몸을 보면 믿기지 않을 정도였다.

삐빅-!

"결과가 나왔습니다."

김성일이 프린트된 종이를 확인했다.

"결과가 좋네요. 전체적으로 7퍼센트가량 육체 능력이 향상됐습니다."

"7퍼센트요?"

"네, 두 달 훈련을 받은 결과로는 정말 좋은 수치입니다."

찬열도 동의했다.

7퍼센트라면 별로 큰 폭이 아니라고 생각할 수도 있다.

하지만 찬열이 엘리트 운동인이란 걸 생각했을 때 대단한 수치다. 대부분의 프로 선수들의 육체는 일반인보다 더 단련되어 있다. 당연히 육체를 단련시키는 게 더딜 수밖에 없었다. 그러니 7퍼센트나 높아졌다는 건 매우 이례적인 일이었다.

“예상보다 높은 수치네요.”

“그만큼 회원님의 육체가 발전할 가능성을 가지고 있었다는 뜻이죠. 전 그것들을 발전시켰을 뿐입니다.”

김성일의 운동법은 매우 독특했다.

최근 크로스핏 같은 복합 트레이닝이 늘어나고 있었다.

하지만 김성일은 인간의 몸을 세분화해서 그곳들을 중점적으로 단련시켰다.

그러다 보니 부족했던 부분만 채울 수 있었다.

“이번에 회원님이 하신 운동법은 맞춤식이었습니다. 다른 분에게 조언을 해드린다고 해도 같은 효과를 얻긴 어려울 겁니다.”

“그렇습니까?”

“네, 그리고 회원님 역시 이제부터 같은 운동 방법을 사용하셔도 효과가 떨어질 겁니다. 이미 육체가 변했으니까요.”

“그렇군요.”

“내일부터는 일주일간 밸런스를 잡는 데 초점을 맞추겠습니다. 신체가 변했으니 스윙의 밸런스가 조금 달라졌을 겁니다.”

투수만큼이나 민감한 게 타자의 스윙이다.

근육이 늘어나는 만큼 메커니즘에 변화가 생긴다.

그 미묘한 변화 때문에 타격감이 떨어지는 경우가 허다했다. 극단적인 경우이긴 했지만 그래서 벌크업을 싫어하는 타자들도 있었다.

하지만 찬열은 몇 번이나 벌크업을 시도했다. 그리고 타격감을 유지하는 데 성공했었다.

그래서 이번에도 자신이 있었다.

"다음 주 토요일에는 약속이 있습니다."

찬열의 말에 김성일이 날짜를 확인했다.

오늘이 토요일이다.

"그럼 내일 휴식은 없는 걸로 하죠."

원래라면 내일 쉬어야 됐다.

하지만 다음 주 휴식을 위해서라면 포기할 수 있었다.

"알겠습니다."

"훈련 바로 시작하겠습니다."

찬열과 김성일의 두 번째 훈련이 시작됐다.

* * *

다음 주 토요일.

찬열은 부모님과 함께 설악산의 온천을 찾았다.

미국으로 떠나기 전에 왔었던 곳이다.

"하아…… 좋다."

아버지의 말에 찬열이 미소를 지었다.

부모님이 이곳을 마음에 들어 했었다. 그래서 다시 미국에 오기 전에 함께 오기로 마음먹었다.

이틀 뒤에는 미국으로 떠나야 했다.

잠깐이라도 가족 간의 오붓한 시간을 보내고 싶었다.

"모레 10시 비행기던가?"

"네."

"이번에 가면 당분간 또 못 보겠구나."

"제가 자주 초대할게요."

"그래."

대답을 하는 아버지의 목소리가 힘이 없었다.

자주 초대를 한다고 해도 1년에 고작 몇 번이다.

부모의 입장에서는 부족할 따름이었다.

하지만 아버지는 금세 미소를 머금으셨다.

"아빠는 월드 시리즈를 보고 싶구나."

피식 웃음이 나왔다.

저 말의 뜻은 월드 시리즈까지 진출해 달라는 의미였다.

"노력할게요."

"그래."

잠깐의 적막이 흘렀다.

탕에서 보이는 야외의 풍경을 바라봤다.

눈이 소복하게 내려앉은 설악산의 모습은 절경이란 말이 딱 어울렸다.

"아들."

"네?"

"덕분에 아빠 어깨에 힘이 많이 들어간다. 고맙다."

찬열이 놀란 얼굴로 아버지를 바라봤다.

아버지는 창밖을 계속 보고 계셨다.

다소 민망한 표정을 짓고 계시는 아버지의 옆모습에 미소가 지어졌다.

"저야말로 감사합니다."

아버지의 흐뭇한 미소가 짙어졌다.

* * *

보스턴에 도착한 찬열은 호텔에 다시 짐을 풀었다.

몇 개월이 지났지만 호텔 직원들은 그대로였다.

그들 역시 찬열을 알아보고는 반갑게 인사를 했다.

사실 모를 리가 없었다.

보스턴에서 찬열은 매사추세츠 주지사보다 더 유명했다.

한 가지 아쉬운 점은 찬열이 재계약을 거절했다는 사실이다.

레드삭스는 그 사실을 지역지에 알렸다.

이유는 간단했다. 찬열을 놓치지 않기 위해 자신들이 이렇게 노력했다는 언론 플레이였다.

크게 신경 쓰지 않았다. 모든 건 실력으로 이야기하면 됐다. 또한 그들의 계약 조건이 크게 좋은 편도 아니었다.

내년 시즌 FA를 노리는 게 옳은 선택이었다.

'영재 형님은 곧 들어오신다고 했으니 그동안 운동이나 해야겠어.'

김영재는 한국에서 일이 있어 같이 들어오지 못했다.

하지만 크게 신경 쓰지 않았다. 혼자라고 해서 문제될 건 없으니 말이다. 오히려 천천히 보스턴 관광도 하면서 시간을 보낼 수 있다.

찬열은 김성일의 마지막 말을 떠올렸다.

"정찬열 회원님의 몸 상태는 현재가 베스트입니다. 이 이상 벌크업을 하더라도 오히려 독이 될 겁니다. 아시겠지만 훈련만큼이나 휴식이 중요하니까요."

찬열도 동의하는 부분이었다.

그렇기에 호텔에 있는 동안은 체력을 유지하는 가벼운 운동만 할 계획이었다.

그때 전화가 울렸다.

'누구지?'

호텔에 자신을 찾아올 사람은 없었다.

프런트에서 연락을 할 이유도 딱히 없었다.

의아함을 가지고 전화를 받았다.

"여보세요?"

[미스터 정, 로비에 손님이 오셨습니다.]

"손님이요?"

[성함이……. 로버트, 로버트 세로니 씨라고 합니다.]

찬열의 얼굴이 굳어졌다.

로버트 세로니. 미국 에이전트계의 거물이자 구단들에게는 악마, 선수들에게는 천사로 불리는 인물이었다. 그만큼 사람들의 예상을 깨는 연봉을 선수에게 안겨주기 때문이다.

그런 남자가 자신을 찾아왔다.

이유는 한 가지다.

'계약.'

보스턴이 자신과 재계약을 하지 못했다는 소식을 들었을 것이다. 그래서 자신이 보스턴에 온 순간 찾아왔으리라.

'엄청난 정보력이군.'

보스턴에 들어온 건 고작해야 몇 시간 전이다. 그사이 로버트의 귀에 자신의 입국 사실이 전해졌다는 게 된다.

[미스터 정?]

"아, 예."

[어떻게 할까요? 원치 않으시면 거절하도록…….]

"아닙니다. 곧 내려가겠습니다."

미국 스포츠계에서 영향력이 큰 로버트다.

자신을 만나기 위해 찾아왔는데 얼굴도 보지 않고 돌려보내는 건 안 좋은 이미지만 남기게 된다.

그게 아니더라도 예의가 아닌 일을 굳이 할 이유는 없었다.

찬열은 그나마 깔끔한 옷을 걸치고 로비로 내려갔다.

엘리베이터에서 내리자 지배인이 그를 맞이했다.

"미스터 로버트는 카페에서 기다리고 계십니다."

"감사합니다."

고개를 끄덕이며 감사의 인사를 전했다. 그리고 카페로 향했다.

이상하게도 카페에는 사람들이 없었다. 아니, 딱 한 무리가 의자에 앉아 있었다.

풍채가 좋은 중년의 남자.

보는 순간 그가 누군지 알 수 있었다.

그 역시 찬열을 발견하고 자리에서 일어났다. 그리고 다가와 손을 내밀었다.

"미스터 정! 반갑습니다. 로버트 세로니입니다."

이 남자가 구단들에게 악마로 불리는 에이전트, 로버트 세로니였다.

* * *

로버트는 매우 유쾌한 남자였다. 유머 감각도 뛰어났다.

특히 한국 문화에 대해서 자세히 알고 있었다.

또한 대화의 흐름을 장악할 줄 알았다.

찬열이 불쾌하지 않을 시기에 본론을 꺼냈다.

"레드삭스가 재계약을 제안했다고 들었습니다. 거절하셨다죠?"

"예, 저와 조건이 조금 맞지 않아서요."

"레드삭스가 큰 금액을 부르긴 힘들 겁니다. 모험하는 걸 싫어하는 사람들이라서 말이죠. 그 방법이 나쁘다는 건 아닙니다. 하지만 투자를 해야 될 때가 있는 법이죠."

"하하……."

"단도직입적으로 말씀드리겠습니다."

로버트의 눈빛이 바뀌었다.

"세로니 컴퍼니로 오십시오. 모든 법적인 절차는 저희가 처리하겠습니다. 오시기만 한다면 연봉 천만 불 계약을 보장하겠습니다."

* * *

천만 불.

한화로 환산하면 100억이 넘는다.

메이저리그에서 천만 불의 연봉을 받는 선수가 몇 명이나 될까?

50명이 채 넘지 않을 것이다.

빅리그 로스터에 등록되는 선수가 750명이니 상위 10퍼센트만이 그 정도의 돈을 손에 쥘 수 있다.

2년 차에 그런 돈을 받는다?

500만 불을 거절했던 이유 중 가장 큰 이유는 긴 계약 기간이다. 계약 기간이 짧았다면 일언지하에 거절하지 않고 상의를 해봤을 것이다. 그런데 로버트는 그보다 두 배나 많은 돈을 장담하고 있다.

로버트는 당장의 대답을 원하지 않았다.

이야기는 거기서 마무리됐지만 흔들리는 마음은 어쩔 수 없었다.

며칠의 시간이 흘렀다.

김영재가 보스턴에 들어왔다.

"마중 나와 줘서 고맙다."

웃으며 말하는 그는 찬열의 얼굴이 어두운 걸 발견했다.

"어디 아픈 거냐?"

이런 일은 숨기고 있으면 오해가 커진다.

일찍 말을 해야 했다.

찬열은 마음을 다잡고 이야기를 꺼냈다.

"사실은……."

로버트의 제안을 들은 김영재가 놀란 표정을 지었다. 그리고 말없이 생각을 했다.

찬열은 초조하게 그가 입을 열기를 기다렸다.

"로버트가 그렇게 말했으면 그만한 자신감이 있다는 소리겠지. 난 가도 나쁘지 않을 거라고 본다."

"진심이세요?"

"물론이다. 에이전트로서의 능력은 로버트가 훨씬 우위에 있다. 무엇보다 메이저리그에 관한 경험은 나보다 월등히 많아. 고민할 이유가 없다."

다소 의외였다.

김영재가 좋은 사람이라는 건 알고 있었다.

하지만 거액을 벌어들일 수 있는 찬열을 포기하긴 쉽지 않았다.

표정에 그게 드러났는지 김영재가 웃으며 말했다.

"물론 널 그냥 보내겠다는 건 아니다. 나 역시 이번 기회에 메이저리그에 대해 제대로 배워볼 생각이다."

"예?"

찬열이 되물었지만 김영재는 알 수 없는 미소를 지었다.

"내게 생각이 있다. 조만간에 로버트와 같이 식사나 하자."

"알겠습니다."

"궁금할 테지만, 나도 생각을 조금 정리해야 되니 조금만 참아라.”

“예.”

김영재가 무슨 생각을 가지고 있을까?

궁금했지만 지금은 묻지 않았다.

곧 알게 될 테니 말이다.

그리고 다음 날.

찬열은 호텔의 레스토랑에서 로버트, 김영재와 함께 자리를 했다.

어색한 자리.

하지만 로버트는 웃으며 김영재와 이야기를 나누었다.

분위기는 좋게 흘러갔다.

그러다 로버트는 매우 좋은 타이밍에 본론으로 넘어갔다.

“이야기는 들으셨을 거라 생각합니다. 먼저 불쾌하게 생각하시지 말았으면 합니다.”

“물론입니다. 더 좋은 조건이라면 당연히 제안할 수 있고 또 선수에게도 그게 좋으니까요.”

“그렇게 말씀해 주시니 기분이 좋군요.”

다소 의외였다.

지금까지 만났던 동양인, 특히 한국인은 정에 호소하는 사람이 많았다. 사업에 정이니 의리니 하는 건 미국 사회에서는 있을 수 없는 일이다. 그랬기에 그런 말을 하는 한국인들은 미국에 발을 붙이지 못했다.

'확실히 비즈니스를 아는 느낌이다.'

잠깐의 대화가 전부였지만 그의 성향을 알 수 있었다.

김영재가 말을 이었다.

"찬열이가 원한다면 에이전시 이전을 해도 상관없습니다."

로버트의 얼굴이 꿈틀거렸다.

"계약적 제한이 없단 말입니까?"

"아닙니다. 위약금 관련 조항이 있습니다. 하지만 그것도 지불하실 의사가 있는 거 아닙니까?"

물론 그렇다.

그런데 상대가 이렇게 당당한 이유가 궁금했다.

"원하시는 게 있나 보군요."

"찬열이를 공동 에이전시 하고 싶습니다."

"협업을 하자 이겁니까?"

"네."

김영재가 고개를 끄덕였다.

로버트 세로니는 차분하게 생각을 정리했다.

두 회사의 크기 차이는 있다.

하지만 상대는 정찬열이란 선수에 대해 무척이나 잘 아는 사람이다. 같이 일한다면 실보다는 득이 많을 거 같았다.

"흠, 미스터 정의 생각은 어떠십니까?"

"저야 영재 형님이 함께해 주신다면 마음이 편할 거 같습니다.”

“고객이 그러시다면……. 세부적인 조건은 곧 보내도록 하겠습니다.”

세로니 컴퍼니는 다양한 회사와 협업을 해왔다.

그에 따른 가이드라인이 있는 건 당연했다.

김영재가 고개를 끄덕였다.

“잘 부탁합니다.”

“저야말로 앞으로 잘 부탁합니다.”

두 사람이 손을 맞잡았다.

* * *

찬열이 따로 계약을 할 필요는 없었다.

본래 김영재에게 줘야 될 수수료를 두 회사가 나누기로 결정을 했기 때문이다.

듣기로는 김영재의 지분은 무척이나 적다고 했다.

하지만 김영재는 결코 손해란 생각을 하지 않았다.

“세로니 컴퍼니의 운영 방식과 경험을 배울 수 있는 좋은 기회다. 이런 기회는 돈으로 환산할 수 없어.”

동등한 위치를 얻었다.

그는 이번 경험을 토대로 더 높은 곳을 볼 수 있게 되었다며 좋아했다.

에이전시 일은 그렇게 마무리됐다.

그리고 2월 말.

찬열은 비행기에 올랐다.

행선지는 플로리다. 메이저리그 스프링캠프가 열리는 곳이었다.

작년과 달리 다소 여유롭게 캠프에 도착했다.

일찍 왔다는 생각이 들었지만 그보다 더 빨리 캠프에 짐을 푼 선수들이 있었다.

"정! 잘 지냈어?"

"한국에 돌아가니까 어때?"

"올해도 잘 부탁한다!"

마주친 동료들이 반갑게 인사를 했다. 찬열도 그들에게 인사를 하며 호텔에 짐을 풀었다. 그리고 호텔의 로비로 향했다. 출출해서 샌드위치나 사먹을 생각이었다. 때마침 호텔로 일단의 무리가 들어왔다. 선두에 있는 남자는 익숙한 얼굴이었다.

"헤이, 정!"

조시 베켓, 그 역시 찬열을 발견하고는 손을 들었다.

"베켓!"

가볍게 포옹을 하며 반가움을 표시했다.

"오랜만에 돌아간 고향은 어땠어?"

베켓의 물음에 찬열이 웃으며 엄지를 들었다.

"최고였지."

"하하! 그렇군. 올 시즌에도 잘 부탁해."

"나야말로, 에이스!"

퍼펙트게임을 함께한 이후 베켓은 찬열의 베스트 프렌드가 되었다.

실제로 집에 초청하기도 했다.

팀메이트라 하더라도 그런 일은 드물었다.

거절을 하긴 했지만 베켓의 마음을 알기에 찬열 역시 그가 거리를 좁혀오는 걸 막지 않았다.

* * *

스프링캠프가 시작됐다.

대부분의 선수가 완벽하게 몸을 만들어 왔다.

베켓 역시 마찬가지다. 작년보다 더 완벽한 컨디션을 유지하고 있었다. 구속이 벌써 90마일을 넘길 정도였다. 에이스로 자리매김했기에 완벽하게 정착을 할 마음이었다.

캠프장에는 많은 언론이 찾았다.

레드삭스 전문 기자를 포함해서 메이저리그를 취재하는 언론들도 보였다.

마쓰자카의 부활을 기대하며 온 일본 언론도 보였다.

하지만 가장 많은 언론은 단연 한국이었다.

"정찬열 선수! 올 시즌 목표는 무엇입니까?"

"2번째 메이저리그 시즌인데 각오 한 말씀 부탁드립니다!"

찬열이 그들의 앞을 이동할 때마다 하나같이 취재를 요청했다. 한국에서 메이저리그에 대한 관심도는 그 어느 때보다 높았다.

동양인 기록을 갈아치우고 있는 찬열. 그리고 긴 마이너리그 생활을 뚫고 메이저리그에 정착한 추신성의 활약 때문이다.

관심도만 놓고 보면 90년대 후반 박찬태 때보다 더 높았다.

이런 관심은 곧 방송국들이 움직이는 계기가 됐다.

각 방송국들은 협약을 통해 메이저리그 방송을 차례로 내보내기로 결정했다. 거기다가 포털 사이트 네이버에서는 메이저리그 인터넷 중계를 내보내기로 했다.

다양한 채널을 통해 야구 시청이 가능해진 것이다.

또한 몇몇 채널에서는 찬열의 스프링캠프 훈련을 밀착 취재하기로 결정했다.

단순히 취재가 아니라 프로그램 형식으로 만들어 국내에 방영하기로 파격적인 결정을 내렸다.

로버트 세로니는 이 결정을 바로 받아들였다.

김영재와는 다른 행보였다.

로버트는 결정에 따른 설명도 해주었다.

"스포츠 선수도 엄연히 스타입니다. 대중에게 친근하게

다가가야 해요. 같은 실력이라면 스타성이 있는 선수가 조금 더 많은 연봉을 받게 되니까요."

철저하게 선수의 연봉에 초점이 맞춰진 로버트였다.

하지만 무리하게 시키지는 않았다.

그는 방송국과 주기적으로 연락을 주고받으며 촬영 시간을 정확하게 제한했다.

또한 영상을 미국에도 공개하는 쪽으로 조건을 걸었다.

밀착 취재가 붙었지만 찬열은 크게 바뀐 게 없었다.

자신만의 페이스로 훈련을 했다.

며칠이 지나고 첫 프리 배팅의 시간이 다가왔다.

이렇게 탁 트인 공간에서 프리 배팅을 하는 건 정말 오랜만이었다.

'흥분되는데?'

방망이를 한 손으로 들어 올린 찬열이 가볍게 스윙을 했다.

새로 배운 훈련법이다.

배트의 컨트롤은 대부분 한 손으로 한다.

그렇기에 평소에도 한 손으로 배트를 정확히 돌릴 수 있으면 컨트롤이 조금 더 정확해진다.

타석에 선 찬열이 배팅 볼 투수를 향해 고개를 끄덕였다.

배팅 볼 투수가 공을 뿌렸다.

몸 쪽, 조금 높게 들어오는 좋은 코스였다.

구속도 적당했다.

후웅-!

찬열의 배트가 돌았다.

매서운 소리와 함께 바람을 갈랐다.

따악-!

경쾌한 소리와 함께 타구가 날아갔다.

그물망 밖에서 그 모습을 보던 기자들이 일제히 타구가 날아간 방향으로 고개를 돌렸다.

아주 짧은 시간이었다.

그런데 벌써 타구가 담장 밖으로 사라졌다.

"헐……."

"무슨 타구 스피드가 저렇게 빨라?"

원래 찬열의 타구 스피드는 다른 선수들과 비교해도 빠른 편이었다. 작년 시즌 메이저리그에서 측정한 스피드 중 상위 5퍼센트 안에 들 정도였으니 말이다.

그런데 올해는 더 빨라진 느낌이었다.

"잘 맞은 거겠지."

하지만 기자들은 그게 아님을 금방 알 수 있었다.

딱-!

우측 담장.

딱-!

좌측 담장.

딱-!

센터까지.

모든 담장으로 타구를 보냈다.

그리고 스피드 역시 엄청난 속도로 날아갔다.

20개의 공 중 18개를 홈런으로 만들어냈다.

"인간 맞아……?"

기자들이 경악하는 또 하나의 이유.

배팅 볼 투수도 사람이다 보니 실수를 할 때가 있다.

타자가 좋아하는 코스를 알고 있어도 전혀 다른 곳으로 공이 날아갈 때가 있는 것이다.

대부분 타자는 그런 코스로 오는 공은 그냥 흘려보냈다.

그런데 찬열은 아니다.

모든 코스에 배트를 휘둘렀다. 심지어는 스트라이크존을 벗어나는 공에도 말이다. 그리고 홈런을 만들어냈다.

찬열이 타석에서 물러났다.

대단한 홈런에 정신이 팔린 기자들은 미처 눈치채지 못했다.

타석에서 물러나는 찬열의 얼굴에 땀 한 방울 나지 않고 있다는 걸 말이다.

* * *

연습 경기가 시작됐다.

작년과 달리 찬열은 스타팅 멤버로 경기에 나섰다.

당연한 일이다.

찬열은 더 이상 루키가 아니었기 때문이다.

한국인이 4번 타자, 그리고 선발 포수로 경기에 나서는 모습에 취재진들이 플래시를 연달아 터뜨렸다.

1회.

호흡을 맞추는 건 베켓이었다.

비시즌 기간, 준비를 많이 한 덕분에 베켓의 컨디션은 매우 좋았다.

뻥—!

“스트라이크!”

초구가 날카롭게 몸 쪽을 파고들었다.

프랑코나 감독은 바로 구속을 확인했다.

“91마일이라. 아주 좋군!”

흡족한 수치였다.

구속이 빠르면서도 제구가 잡힌 모습이었다.

첫 타자는 가볍게 삼구삼진으로 잡았다.

하지만 두 번째 타자에게 처음 던진 투심이 얻어맞았다.

딱—!

첫 번째 주자가 1루에 나갔다.

베켓은 크게 신경 쓰지 않는 모습이었다.

찬열은 집중력을 끌어올려 그라운드의 상황을 한눈에 확인했다.

'수비들의 집중력도 좋다. 그런데 주자의 리드가 꽤 넓군. 게다가 2루를 보는 게 심상치 않아.'

주자가 자꾸 2루, 정확히는 수비의 위치를 체크하고 있었다.

그동안의 경험으로 봤을 때 저런 녀석은 열에 아홉은 바로 도루를 선택했다.

'그렇다면…….'

찬열이 손가락을 움직였다.

투수에게 견제구를 던지게 할 생각은 없었다.

상황에 맞는 견제구는 좋다.

하지만 과도한 견제구는 오히려 투수의 리듬을 해치게 했다.

지금 베켓의 리듬은 매우 좋았다.

굳이 견제구를 던지게 해서 그것을 깰 필요는 없었다.

'바깥쪽, 포심 패스트볼.'

고개를 끄덕인 베켓이 1루를 힐끔 바라봤다.

주자가 리드를 살짝 줄였다.

저것이면 충분했다.

"흡-!"

베켓이 발을 내딛었다.

그 순간 주자가 2루로 내달렸다.

"고!"

1루수가 소리쳤다.

도루를 했다는 걸 알려주는 신호였다.

스타트가 좋다.

게다가 발이 빠른 주자였기에 성공 가능성이 높았다.

하지만 베켓은 신경 쓰지 않고 있는 힘껏 공을 뿌렸다.

쐐액-!

퍽-!

공이 미트에 꽂혔다.

볼이다.

타자의 배트가 돌기는 했지만 찬열의 송구를 방해할 스윙이었다.

힘이 없었다.

순간적으로 시야가 가려졌다.

하지만 상관없다.

수도 없이 던져 왔기에 몸이 기억하고 있었다.

왼쪽 무릎을 꿇으며 상체를 비틀어 공을 던졌다.

"흡-!"

쐐액-!

일직선으로 날아간 공이 그대로 2루수의 글러브에 박혔다.

2루수는 그대로 글러브를 내렸다.

퍽-!

"아웃!"

"오오오!"

구경하던 취재진, 관중들이 일제히 탄성을 터뜨릴 정도로 완벽한 송구였다.

베켓이 글러브를 들어 고맙다는 제스처를 취했다.

찬열도 자신의 프로텍터를 두드리며 화답을 했다.

주자를 내보내긴 했지만 세 명의 타자만 상대하고 베켓은 1회를 막았다.

1회 말.

레드삭스의 공격이 시작됐다.

1번 타자인 제이코비가 중견수 앞 안타로 1루에 출루했다.

이후 후속 타자의 느린 내야 땅볼에 2루를 밟았다.

하지만 3번이 다시 삼진을 당하며 아웃 카운트가 두 개로 올라갔다.

그리고 타석에는 찬열이 들어섰다. 연습 경기임에도 불구하고 찬열이 타석에 서자 레드삭스 팬들이 환호를 질렀다.

"찬열! 한 방 날려!"

"정! 홈런! 정! 홈런!"

한국인 팬들도 많이 찾아왔는지 한국어 응원도 있었다.

하지만 찬열의 귀에는 들어오지 않았다. 그는 타석에 들어서기 전부터 이미 집중력을 최대한 끌어올리고 있었다. 덕분에 그의 눈에는 오로지 투수만이 보였다.

상대 배터리는 무척 조심스러웠다. 찬열의 한 방을 알고 있기 때문이다.

'낮은 코스로 떨어지는 포크볼.'

철저하게 유인구 승부를 하기로 결정했다.

고개를 끄덕인 투수가 초구를 뿌렸다.

긁히는 느낌이 좋았다.

홈 플레이트에 근접해서 궤적이 밑으로 떨어졌다.

공이 잘 떨어졌다.

그런데.

후웅-!

찬열의 배트가 돌아갔다.

밑에서부터 위로.

어퍼 스윙이었다.

거기다가 공의 궤적이 떨어지자 왼쪽 무릎을 굽히면서 자세를 낮췄다. 마치 떨어지는 공을 퍼 올리듯 그대로 올려 쳤다.

따악-!

경쾌한 소리와 함께 공이 날아갔다.

순식간에 타구는 담장을 넘어가 버렸다.

"와아아아-!"

분명 볼 코스로 떨어진 공이다. 그런 타구를 억지로 끌어올려 홈런을 만들다니?

'뭐 저런 놈이 다 있어?'

투수는 경악을 금치 못했다.

찬열은 한 번 더 타석에 서고 더그아웃으로 돌아왔다.

연습 경기는 말 그대로 연습이다.

굳이 풀타임 경기를 뛸 필요는 없다.

"나이스 홈런!"

"이야~ 정말 멋졌다!"

동료들이 찬열을 향해 엄지를 내밀었다.

이해가 됐다. 두 번의 타석에서 모두 홈런을 만들어냈다.

하나는 센터 담장을 넘겼고, 또 하나는 밀어서 우측 담장을 넘겼다. 타구의 질 역시 매우 좋았다.

'하체가 안정감이 있다.'

KBO에서 뛰다가 메이저리그로 넘어오면서 적응하기 힘들었던 게 하나 있다.

바로 변화구였다.

패스트볼은 어느 정도 적응이 된다. 속도가 빠르다고 해도 그만큼 스윙을 빨리 시작하면 됐다. 그리고 스윙 스피드가 빨랐기에 문제될 게 없었다.

하지만 변화구는 다르다. 종류의 차이는 있지만 메이저리그 투수들의 변화구는 일단 변화가 컸다. 그러다 보니 하체가 무너지는 경우가 종종 있었다.

그런데 오늘 경기에서는 아니었다. 하체가 튼튼하게 받쳐주니 무게 중심을 아래로 이동시켜도 충분히 버텨주었다.

'오늘 경기만 놓고 보면 백 점을 줘도 되겠어.'

언제나 잘못된 점을 찾고 채찍질을 하던 찬열이다.

하지만 오늘 경기는 자신이 보더라도 잘못된 점을 찾아보기 힘들 정도로 좋은 스윙이 나왔다.

포수로서도 마찬가지다.

그 증거로 베켓은 3이닝 무실점 1피안타를 기록했을 뿐이었다.

'느낌 좋은데?'

그 어느 때보다 느낌이 좋았다.

* * *

찬열의 연습 경기 활약은 연일 이어졌다.

당연히 한국에서는 그 어느 때보다 뜨거운 반응이 나왔다.

딱-!

"오오! 쳤다!"

[쳤습니다! 이것도 큽니다! 넘어가나요?! 아~ 아쉽게도 노바운드로 담장을 때립니다.]

"캬~ 아깝다. 아까워!"

매일 새벽.

원래라면 꺼져 있어야 될 아파트의 창문에서 불빛이 희미하게 흘러나왔다.

그것도 한두 집이 아니다.

거의 한 동의 전 아파트에서 비슷한 빛이 흘러나왔다.

모두 TV 불빛이었다.

시차 때문에 연습 경기와 시범 경기를 라이브로 보기 위해서는 새벽에 일어나야 했다.

백수나 밤에 일하는 사람이라면 모를까 아침에 출근해야 될 회사원들도 새벽에 깨어 있었다.

그들은 오로지 찬열의 경기를 보기 위해서 TV 앞에 자리를 잡았다. 일을 위해서는 잠이 부족했지만 찬열의 경기를 보면 하루의 피로가 싹 풀렸다. 그만큼 통쾌한 활약을 하고 있었기 때문이다.

5번의 연습 경기에서 총 14번 타석에 섰다. 그중에서 무려 8개의 홈런을 때려냈다. 연습 경기에서 반짝한 게 아니다.

시범 경기에 들어가자 찬열의 활약은 더욱 도드라졌다.

매 타석 안타와 홈런을 때려냈다.

미국 현지에서도 그의 활약에 미쳤다는 표현을 쓸 정도로 충격적인 스프링 트레이닝을 보내고 있었다.

"정규 시즌 넘어가서도 시범 경기에서만큼만 해라."

찬열의 경기를 지켜보는 모든 사람의 바람이었다.

정규 시즌 개막전까지 앞으로 일주일.

오늘 시범 경기를 끝으로 레드삭스는 이제 보스턴으로 돌아가 일전을 준비한다. 그리고 그 일전은 모든 한국 야구팬의 심장을 뛰게 만들었다.

보스턴 레드삭스 VS 뉴욕 양키스.

아니, 한국 팬들에게는 레드삭스와 양키스가 붙는 것보다 더 가슴을 뛰게 만들었다.

정찬열 VS 박찬태.

그 역사적인 대결이 이루어질 수 있기 때문이다.

6장

미지의 땅을 걸어라

20세기.

박찬태는 한국인들에게 영웅이다.

IMF가 터져 힘든 시기에 박찬태는 메이저리그에서 강타자들을 돌려세우며 괴성을 터뜨렸다.

그 모습은 힘들어하는 사람들에게 힘을 주었다.

순식간에 메이저리그를 대표하는 투수로 성장한 박찬태는 거액의 계약을 따내며 텍사스로 이적했다.

하지만 그는 무너졌다. 부상으로 인해 무너진 그는 먹튀라는 불명예를 얻었다.

이후에도 그는 여러 팀을 전전하며 재기의 발판을 쌓았다.

전성기 시절은 아니지만 그래도 LA 다저스와 필라델피아에서 괜찮은 성적을 올렸다.

올 시즌은 양키스와 계약을 맺었다. 그리고 시범 경기에서 대단한 호투를 보여주고 있었다.

물론 선발투수는 아니다. 계투로 나왔지만 어느덧 마무리 이전에 공을 던지는 셋업맨 역할을 하고 있었다.

당연히 개막전에 나올 확률도 높아졌다.

그렇게 되면 찬열과 맞대결도 생각해 볼 수 있는 상황.

한국 팬들의 관심이 집중되는 건 당연한 일이었다.

찬열 역시 박찬태와의 대결이 기대가 됐다.

레드삭스의 선발투수는 에이스 베켓이었다. 올 시즌을 앞두고 계약 연장을 한 그는 명실상부 보스턴의 에이스로 자리매김했다.

마스크를 쓴 찬열이 캐처 박스에 앉았다.

그의 앞으로 양키스의 주장, 데릭 지터가 타석에 들어섰다.

작년 지터의 데이터가 그의 머릿속에 떠올랐다.

'지터의 약점은 거의 없다.'

눈앞에 가상의 스트라이크존이 나타났다. 아홉 개로 분할된 존의 위로 지터의 타율이 나타났다.

스프링캠프 시즌에 들어서기 전부터 구단에서 작년의 데이터를 받은 찬열이다. 그리고 끊임없이 그것들을 외워 머리에 입력했다.

찬열이 손가락을 움직였다.

'몸 쪽, 포심.'

베켓이 고개를 끄덕였다.

경기가 시작됐다.

펑—!

"스트라이크!"

[개막전이 시작됐습니다! 에이스 베켓 선수의 초구가 몸 쪽을 날카롭게 찌릅니다!]

2구는 투심 패스트볼.

딱—!

지터의 배트가 돌았다.

빗맞은 타구가 3루 라인을 벗어났다.

"파울!"

2스트라이크.

삼구삼진으로 잡아내고 싶은 욕심이 생겼다. 하지만 조심해야 된다. 상대는 리그 최고의 타자인 데릭 지터다.

손가락을 움직였다.

'포크볼.'

3구가 날아왔다.

공이 밋밋하게 떨어졌다.

지터의 배트가 돌았다.

딱—!

"쳇!"

지터가 바로 혀를 찼다. 때리는 순간 공이 빗맞았음을 느낀 것이다.

예상대로 공은 1루 관중석으로 떨어졌다.

'위험했다.'

포크볼은 양날의 검이다.

제대로 떨어진다면 삼진을 잡기 가장 좋은 공이다. 하지만 변화가 밋밋하다면 장타로 이어질 가능성이 크다.

다행인 건 지터의 반응이 조금 느렸다는 것이다.

'오늘 지터의 반응이 조금 느리다. 그러다 보니 포크볼을 정확히 때리지 못했다.'

결론을 내린 찬열이 손가락을 움직였다.

4구.

몸 쪽으로 떨어지는 커브.

원바운드로.

고개를 끄덕인 베켓이 망설임 없이 공을 뿌렸다. 크게 포물선을 그리며 날아오는 공에 지터의 배트가 돌았다.

후웅–!

하지만 헛스윙이 됐다.

공이 홈 플레이트를 때릴 정도로 떨어졌기 때문이다.

문제는 홈 플레이트를 맞추면서 불규칙 바운드가 일어났다는 것이다. 정상적 바운드라면 찬열의 프로텍터를 때렸어야 될 상황. 하지만 공이 찬열의 오른쪽으로 튀어 나갔다.

순간 찬열이 무게 중심을 옮기며 몸을 오른쪽으로 이동시켰다.

퍽-!

가슴에 맞은 공이 옆으로 흘러나갔다.

재빠르게 일어나 공을 잡았다.

[불규칙 바운드를 블로킹으로 막아내는 정찬열 선수! 매우 민첩한 움직임이었습니다!]

[포수의 기본적인 부분이 매우 잘되는 정찬열 선수입니다. 저런 모습을 자주 보여주니 투수들 역시 믿고 공을 던질 수 있는 거예요!]

찬열이 공을 잡고 지터의 엉덩이를 가볍게 터치했다.

"아웃!"

개막전 첫 번째 아웃 카운트를 잡아냈다.

찬열의 블로킹을 본 베켓은 이후에도 원바운드 공을 자주 던지며 배트를 이끌어 냈다.

덕분에 찬열의 유니폼은 1회부터 더러워졌다.

하지만 개의치 않았다.

이게 바로 포수가 할 일이기 때문이다.

펑-!

"스트라이크! 아웃!"

[삼구삼진! 베켓 선수 삼자범퇴로 이닝을 깔끔하게 막고 내려옵니다!]

스타트가 좋았다.

레드삭스 팬들의 응원이 하늘을 찔렀다.

반면 양키스의 원정팬들의 분위기는 썩 좋지 않았다. 하지만 그들의 에이스 CC사바시아가 마운드에 오르자 다시 분위기가 달아올랐다.

작년 시즌 사바시아의 전반기 성적은 악몽 그 자체였다. 하지만 후반기 들어 그는 완벽한 에이스로 돌아왔다. 무엇보다 월드 시리즈에서 보여주었던 호투는 모든 이의 기대를 자아내고 있었다. 그리고 사바시아는 그 기대에 부응했다.

1회 말을 삼자범퇴로 막고 마운드를 내려온 것이다.

[양 팀 투수 모두 안정적인 모습입니다.]

[역시 개막전, 그리고 라이벌전이니 각오가 대단하네요. 두 선수의 피칭에 힘이 느껴집니다.]

[투수전이 될 수도 있겠군요.]

야구를 오래 보다 보면 그런 느낌이 올 때가 있다.

오늘 경기는 투수전이 될 것 같다. 아니면 난타전이 될 것 같다는 느낌말이다.

오늘은 딱 투수전의 느낌이 났다. 베켓이 2회 초를 또다시 삼자범퇴로 막고 내려오자 그 느낌이 더 강해졌다.

[사바시아 2회 말을 막기 위해 마운드에 오릅니다. 타석에는 한국산 괴물! 정찬열 선수가 들어섭니다.]

찬열이 타석에 섰다. 그러자 순간적으로 인터넷 중계에 렉이 걸렸다. 많은 사람이 동시에 접속했기 때문에 벌어진 일이다.

찬열은 타석에 서서 가볍게 배트를 뻗으며 자신의 루틴을 가져갔다.

사바시아와 포수 포사다가 사인을 교환했다.

'바깥쪽 슬라이더.'

사바시아의 주 구종 중 하나인 슬라이더.

우타자 기준 백도어성으로 들어오기 때문에 공략하기 어려운 구종 중 하나였다.

사바시아가 고개를 끄덕이고 세트 포지션에 들어갔다.

찬열은 왼발을 들었다 내려놓으며 사바시아의 타이밍에 자신의 타이밍을 맞춰 갔다.

사바시아가 공을 던지기 위해 발을 내딛는 순간.

그의 발이 배터 박스 앞으로 이동했다.

탁–!

"흡–!"

지지대를 만든 직후 사바시아가 공을 뿌렸다. 바깥쪽으로 날아오는 공이었다. 얼핏 보면 스트라이크존을 완전히 벗어나는 공이었다.

하지만 찬열의 눈에는 아니었다.

'회전이…….'

집중력을 극도로 끌어올린 찬열의 눈에 공의 회전이 들어왔다. 포심처럼 역회전이 아닌 옆으로 돌고 있었다.

'슬라이더.'

판단을 내린 찬열의 배트가 돌았다.

'백도어로 들어온다.'

코스의 위치를 확인한 찬열이 왼쪽 발을 홈 플레이트 쪽으로 이동했다. 동시에 중심을 낮추며 떨어지는 공의 궤적에 배트를 맞췄다.

딱-!

공이 튀어 나가듯 멀리 날아갔다.

[자세가 무너지면서 때린 타구! 하지만 멀리 갑니다!]

포사다는 급하게 헬멧을 벗었다.

처음에는 금방 잡힐 거라 판단했던 타구다.

그런데 날아가는 게 심상치 않았다. 그리고 그 예상은 정확히 맞았다.

[우익수! 펜스에 붙어 공이 떨어지기를 기다립니다! 하지만 타구…… 떨어지지 않고 그대로 관중석에 떨어집니다! 호오오오옴런! 정찬열 선수! 개막전에서 홈런을 만들어냅니다!]

그라운드를 도는 찬열을 보며 포사다가 황당한 표정을 지었다.

'분명 스윙이 느렸는데…….'

바로 옆이기에 정확히 볼 수 있었다.

찬열의 스윙 스타트는 분명 늦었다.

'그런데도 홈런을 만들어내다니…….'

작년보다 배트 스피드가 더 빨라진 느낌이다.

무엇보다 하체가 안정감 있게 중심을 잡아주고 있었다.

'상대하기 더 까다로워졌군.'

흔히들 2년 차 징크스라 말하는 것이 있다.

루키 시즌에는 괴물 같은 활약을 보여주더라도 2년 차에는 1년 차보다 못한 성적을 내기 때문에 나온 말이다.

이유는 간단하다.

1년 차에 좋은 성적을 내면 모든 구단이 발 벗고 나서서 분석을 하기 때문이다. 타자라면 어떤 코스를 좋아하는지, 어떤 구종을 좋아하는지부터.

원스트라이크에는 공을 치는지 안 치는지, 쳤다면 어떤 구종을 때렸는지 등. 모든 상황을 연구한다. 그런 분석을 당한 상황에서 2년 차에 접어드니 당연히 성적이 떨어질 수밖에 없었다.

찬열 역시 마찬가지다.

그는 모든 구단의 경계 대상 1호에 꼽혔다. 특히 양키스는 작년 시즌의 굴욕을 갚아주기 위해 찬열에 대한 정보를 분석하는 것에 열을 올렸다.

오늘 초구에 백도어 슬라이더 사인을 낸 것도 분석의 결과였다. 작년 시즌 찬열은 백도어 슬라이더에 삼진을 가장 많이 당했다.

그런데 올해는 아니었다.

'약점을 극복해 냈다 이거지.'

스스로에 대한 발전에 게으름을 피우지 않는 찬열이 홈을 밟았다.

포사다는 헬멧을 다시 쓰며 그의 뒷모습을 바라봤다.

'다음 타석에 두고 보자.'

복수를 다짐하며 말이다.

하지만 이날 포사다는 찬열에게 복수하지 못했다. 아니, 오히려 양키스는 찬열 한 사람에게 완전히 당하고 말았다.

찬열은 개막전에서 2홈런 포함 4안타를 몰아치며 홀로 5타점을 쓸어 담았다. 덕분에 셋업맨인 박찬태는 마운드에 오르지 못했다.

한국 팬들이 기대했던 두 코리안 메이저리거의 대결이 성사되지 못한 것이다. 하지만 한국 팬들은 찬열의 괴물 같은 활약에 뜨거운 응원을 보냈다.

한국인 타자가 메이저리그에서 통할 수 있을까?

불과 1년 전까지만 하더라도 대부분의 사람은 부정적인 반응을 보였다. 하지만 작년 찬열이 성공적으로 정착을 했다.

사람들은 열광하면서도 또 다른 의문을 떠올렸다.

정찬열이 작년보다 더 좋은 성적을 낼 수 있을까?

많은 전문가가 그러지 못할 거란 의견을 내놓았다.

2년 차 징크스 때문이다.

하지만 사람들은 기대했다. 찬열이 또 한 번 예상을 깨는 걸 보여주기를 말이다.

그리고.

딱-!

[쳤습니다! 이건 큽니다! 그린 몬스터를 향해 빠르게 날아갑니다!]

화면이 바뀌었다. 경기장을 비추던 화면은 타구를 쫓았다.

푸른 하늘에 높게 떠오른 타구는 산과도 같은 초록색 벽을 그대로 넘었다.

[넘어갔습니다아아아! 정찬열 선수! 또다시 넘겼습니다!!]

스피커가 터져라 캐스터가 소리쳤다. 소음에 가까울 소리. 하지만 누구 하나 그의 외침에 불만을 토로하지 않았다.

[고작 4경기 만에 시즌 6호 홈런을 기록하는 정찬열!]

양키스와의 3연전이 끝났다.

찬열은 3경기 내내 홈런포를 터뜨렸다.

무려 4개의 홈런을 치면서 양키스 팬들에게 최악의 시작을 선물했다.

반대로 보스턴 팬들은 팀의 4번 타자에게 열화와 같은 환호를 보냈다. 활약은 거기서 끝나지 않았다. 볼티모어 오리올스와의 대결에서 찬열은 또다시 홈런포를 가동했다.

2회와 7회에 터진 그의 홈런에 레드삭스는 개막 4연승을 달리며 동부리그 단독 1위에 올랐다.

상황이 이렇게 되니 찬열과 관련된 상품의 매출도 급격하게 상승했다. 작년 찬열의 상품은 팀에서 10번째로 가장 많이 팔렸다.

동양인 선수, 루키 시즌임을 감안했을 때 나쁘지 않은 성적이었다. 하지만 찬열이 4번 타자, 그리고 40홈런에 근접했다는 걸 봤을 때는 좋은 성적이라 하기에도 애매했다.

그러나 올해는 달랐다. 아직 시즌 초반이긴 하지만 찬열의 상품은 없어서 못 팔 정도가 됐다.

판매 금액 역시 당당히 1위를 달렸다.

레드삭스 구단은 곧바로 찬열과 관련된 기획 상품을 논의하기 시작했다. 찬열의 이런 활약에 대해 모든 이가 환호만 보내는 건 아니었다. 몇몇 전문가는 찬열의 활약에 대해 우려를 나타내기도 했다.

[정찬열의 홈런 행진은 분명 작년보다 더 빠른 페이스를 보여주고 있다. 하지만 앞으로 150경기가 넘는 경기가 남아 있다. 너무 빠른 하이페이스는 그에게 독이 될 수도 있다.]

하지만 그런 우려를 비웃기라도 하듯 찬열의 활약은 연일 이어졌다.

VS 볼티모어 오리올스(5경기)

[오늘 2타수 1안타를 기록 중인 정찬열, 세 번째 타석에 들어섭

니다.]

[두 번째 타석에서 친 우익수 뜬공이 아쉽습니다. 분명 넘어가는 타구였는데 우익수의 슈퍼 세이브에 잡혔어요.]

[오늘 경기에서 홈런을 기록하면 5경기 연속 홈런이 되는데요. 꼭 좀 쳐줬으면 좋겠습니다.]

딱—!

[초구를 강타! 아아-! 이번에는 큽니다! 중견수 뒤로 물러납니다! 하지만 곧 펜스에 막힙니다! 그리고 타구는 그대로 넘어갑니다!]

[깔끔한 스윙입니다!]

[단 5경기 만에 7호 홈런을 기록하는 정찬열 선수입니다!]

VS 텍사스 레인저스(7경기)

[현재 아메리칸리그 홈런 단독 1위에 오른 정찬열 선수가 타석에 들어섭니다.]

[초반 페이스가 정말 좋습니다. 6경기에서 7개의 홈런을 기록했죠. 비록 어제 경기에서 연속 경기 홈런 기록은 중단이 됐지만 대단한 페이스임은 부정할 수 없습니다.]

[현재까지 월간 최다 홈런은 98년, 01년 시즌에 올린 새미 소사 선수의 20개가 최다입니다. 현재 페이스대로라면…….]

딱—!

[아아! 이것도 큽니다! 이건……!]

[넘어갔어요. 이미 넘어갔습니다!]

[엄청난 타구가 나왔습니다! 정말 벼락같은 스윙이란 말이 정확히 어울리는 타격입니다! 정찬열 선수 8번째 홈런을 기록합니다!]

VS 시카고 화이트삭스(11경기)

[정찬열 선수가 타석에 들어섭니다. 레인저스와의 첫 번째 경기에서 홈런을 기록한 이후 3경기 연속 홈런을 기록하지 못하고 있는데요. 어떻게 보시나요?]

[아직은 이렇다 저렇다 말할 시기가 아닙니다. 그동안 페이스가 빨라서 그렇지 사실 3경기 홈런이 나오지 않은 게 이상한 것이 아니지 않습니까?]

[그렇군요.]

[무엇보다 투수들이 정찬열 선수를 무척이나 견제하는 게 보입니다. 실제로 홈런을 기록하지 못한 3경기에서 볼넷이 4개나 나왔습니다. 투수들이 결코 좋은 공을 주지 않으니 홈런을 칠 수 없는 거죠.]

해설 위원의 말대로였다. 최근 투수들은 찬열과 승부를 매우 어렵게 가져갔다. 예전에는 5개의 공을 던지면 3개 정도가 변화구였다. 하지만 최근에는 5개의 공 중 5개가 모두 유인구일 정도로 승부가 까다로웠다.

찬열은 참았다. 이런 것에 휩쓸려 자신의 스윙을 잃으면 슬럼프로 이어지기 일쑤였다.

차분히 기다렸다. 아무리 메이저리그라고 해도 투수는 실투를 한다. 그리고 그 순간을 놓치지 않는 게 좋은 타자였다.

쐐액–!

투수가 공을 뿌렸다. 존 가운데에서 떨어지는 포크볼을 던질 생각이었다.

하지만 공은 떨어지지 않았다. 밋밋하게 흔들리는가 싶더니 그대로 밀고 들어왔다. 포크볼이 떨어지지 않으면 그저 속도가 느리고 회전이 적은 패스트볼과 다를 게 없었다.

찬열의 눈이 번뜩였다. 먹이를 포착한 맹수처럼 공을 노려봤다. 동시에 골반을 회전시켰다. 근육 하나하나가 파워를 내며 상체로 이동시켰다. 모든 힘을 전달한 골반을 딱 멈췄다. 동시에 상체를 회전시켰다.

부앙–!

굉음과 함께 배트가 허공을 갈랐다.

따악–!

경쾌한 소리와 함께 배트를 통해 묵직한 감각이 느껴졌다.

찬열은 모든 힘을 집중해 배트를 밀었다.

후웅–!

완벽한 팔로스윙이 나왔다.

끝까지 배트를 돌린 찬열의 시선이 타구를 쫓았다.

그의 눈에 좌익수 방면으로 무섭게 날아가는 타구가 보였다. 배트를 내려놓은 찬열이 산책을 하듯 1루로 뛰었다.

[넘어갔습니다!!! 시즌 9호 홈런을 기록하는 정찬열!!!]

＊＊＊

[보스턴 레드삭스의 정찬열! 13경기 만에 시즌 10호 홈런을 기록하다!]

[현재 페이스라면 전설의 홈런 타자 새미 소사의 월간 최다 홈런과 동률을 이룰 수 있는 속도!]

한국의 모든 스포츠신문 1면을 찬열이 차지했다.

찬열이 없었다면 무슨 기사를 썼을지 의문일 정도로 압도적인 숫자였다. 각종 포털 사이트 실시간 검색어 1위에서 찬열의 이름을 확인하는 건 어려운 일이 아니었다.

수많은 사이트에서는 찬열의 활약상이 담긴 동영상이 떠돌아다녔다. 사람들의 관심은 오직 하나. 10년 전 새미 소사가 작성했던 월간 최다 홈런인 20개와 동률을 이룰 수 있을지, 그리고 10년 만에 그 위대한 기록이 깨질 수 있는지에 대해 쏠렸다.

＊＊＊

VS 토론토 블루제이스(17경기)

[블루제이스와의 3연전 마지막 경기! 앞서 두 번의 타석에서 연달아 볼넷을 얻어낸 정찬열 선수가 타석에 들어섭니다.]

[토론토는 명백하게 정찬열 선수를 피하고 있어요. 모든 공이 유인구로 들어오고 있습니다.]

더 이상 이상한 일이 아니다.

시즌이 시작된 지 고작 16경기 만에 12개의 홈런을 때려낸 찬열이다.

투수들의 입장에서는 피하는 게 당연한 일이었다.

하지만 찬열은 참아냈다. 좋지 않은 공에 스윙을 하지 않은 것이다. 그렇다고 몸의 긴장을 풀거나 하지 않았다.

기다리다가도 투수가 실투를 하는 순간.

딱—!

[밋밋하게 들어온 슬라이더를 그대로 때렸습니다! 이것도 갑니다!!]

[넘어갔습니다!!]

[시즌 13호 홈런을 기록하는 정찬열 선수입니다!]

VS 뉴욕 양키스(18경기)

[드디어 기대하던 대결이 펼쳐집니다. 마운드에는 코리안 특급 박찬태, 그리고 타석에는 한국산 괴물 정찬열이 서 있습니다.]

우우우우우—!

[엄청난 야유가 쏟아집니다.]

양키스타디움 전체에 야유 소리가 쏟아졌다. 하지만 찬열은 개의치 않았다. 이런 야유에 흔들릴 정도로 그의 정신력은 약하지 않았다.

애초에 그의 귀에는 야유 소리가 들리지 않았다. 지금 그의 모든 정신은 박찬태가 들고 있는 공에만 향해 있었다.

박찬태 역시 그것을 느끼고 있었다.

'대단한 집중력이다.'

올 시즌 박찬태는 매우 좋은 활약을 펼치고 있었다. 시즌 초반에는 6경기 연속 무실점 행진을 이어갈 정도로 페이스가 좋았다. 덕분에 양키스의 셋업맨으로 활약 중이었다.

지금 상황도 그랬다.

팀이 2점 앞선 상황. 어떻게든 찬열과 이후 타자를 돌려세우고 마무리인 리베라에게 연결을 해줘야 했다.

"후우……!"

사인을 교환한 박찬태가 와인드업을 했다. 특유의 와일드한 투구 폼은 사라졌다. 하지만 그에게는 여전히 90마일을 넘기는 구속과 또 하나의 무기인 제구력을 손에 넣었다.

쐐액-!

퍽-!

"스트라이크!"

[투심 패스트볼이 날카롭게 몸 쪽을 찌릅니다! 정찬열 선수, 볼로

생각을 했나 보군요.]

불펜 투수로 변신한 박찬태의 최고 무기. 투심 패스트볼이 초구로 꽂혔다. 올 시즌에도 투심으로 재미를 보고 있기에 포심 다음으로 가장 많이 던지는 공이었다.

포사다도 그것을 알기에 또다시 투심을 요구했다. 박찬태 역시 고개를 끄덕였다.

하지만 그게 실수였다.

"흡-!"

쐐액-!

방금 전보다 더 날카롭게 몸 쪽으로 꺾여 들어가는 투심.

그 순간.

찬열의 배트가 매섭게 돌았다.

딱-!

"헉!"

숨이 턱 막힐 정도로 빠른 스윙이었다. 급하게 고개를 돌린 박찬태의 시선에 밤하늘로 사라지는 타구가 보였다.

'이게 무슨…….'

분명 초구에는 반응도 못했던 찬열이다. 그런데 두 번째 공에서는 바로 배트를 돌렸다.

완벽한 타이밍에 말이다.

'한 번 보고 파악을 했단 말이야?'

황당할 정도였다. 하지만 박찬태는 피식 웃으며 방금 전 상황을 머리에서 떨쳐 냈다.

'하루 이틀 맞는 홈런도 아닌데 무슨.'

베테랑답게 크게 연연하지 않았다. 그는 다음 타자들을 모두 내야 땅볼로 돌려세우며 훌륭히 셋업맨 역할을 해냈다.

[박찬태 선수! 홈런을 허용했지만 본인의 역할을 다하며 리드를 지킨 채 마운드를 내려갑니다!]

이날 경기는 양키스의 승리로 돌아갔다.

하지만 이후 2경기에서 찬열이 3개의 홈런을 더 추가하며 시리즈 승리는 레드삭스의 손에 들어갔다.

* * *

[20경기 17홈런! 월간 최다 홈런 기록까지 앞으로 3개!]

월간 최다 홈런 기록.

비록 약물 논란으로 그 기록이 빛을 잃었지만 새미 소사라는 최고의 타자가 6월에 기록한 20개의 홈런.

그 기록이 동양인 타자에 의해 깨지기 직전이었다.

주인공은 정찬열이었다.

4월 한 달간 남은 경기는 7경기.

별다른 문제가 없다면 찬열의 기록 달성은 확실해 보였다.

하지만.

VS 탬파베이 레이스(23경기)

[아~ 또다시 일어나는 포수입니다. 오늘도 고의사구가 나오는 정찬열 선수입니다.]

[투아웃 상황만 되면 승부를 아예 포기하는 탬파베이로군요.]

우우우우—!

[펜 웨이 파크에 야유가 쏟아집니다.]

3경기에서 찬열이 기록한 홈런은 0개였다.

탬파베이 레이스가 그와의 승부를 피하면서 아예 기회를 주지 않았기 때문이다.

상황이 이렇게 되자 성격 급한 몇몇 한국 언론에서는 부정적인 기사를 쏟아내기 시작했다.

[정찬열 3경기 연속 홈런 추가 실패! 이대로 메이저리그 월간 최다 홈런 기록 달성에 실패?]

많은 이가 언론사에 비난을 쏟아냈다.

하지만 자극적인 반응을 원했던 언론은 더욱 대중을 자극시켰다. 미국 언론에서도 찬열의 월간 최다 홈런 기록 달성에 포커스를 집중시켰다.

그렇게 많은 이의 관심을 받으며 찬열은 4월 마지막 3연전이 열리는 밀워키로 이동했다.

레드삭스 전용기에 몸을 실은 선수단의 분위기가 좋았다. 지구 1위를 달리고 있으니 당연했다.

비행기 내부는 무척이나 쾌적한 환경이었다. 이코노미와 비즈니스석은 없다. 오직 퍼스트 클래스로만 내부를 개조를 했다. 구단에서 배려를 했다기보다는 MLB 규정에 아예 들어 있는 내용이었다.

비행기 내부는 무척이나 다양한 분위기를 연출했다. 의자에 앉아 편하게 쉬는 선수들도 있었고 음식을 거하게 차려놓고 먹는 선수들도 있었다. 술을 마시기도 했고 한쪽에서는 포커 게임이 열리기도 했다.

"정! 한 게임 할래?"

베켓이 카드를 들어 올리며 물었다.

찬열은 웃으며 고개를 저었다.

"난 좀 잘래."

"그래."

거절을 한 찬열은 잠을 자지 않고 스마트폰을 꺼냈다. 그러고는 미리 작성해 둔 밀워키 브루어스의 라인업을 살폈다.

'투타가 썩 나쁜 편이 아니다. 문제는 역시 프린스 필더겠군.'

내셔널리그 최고의 타자 중 한 명이 된 필더. 그를 상대해야 된다는 게 역시 걸림돌이었다.

'그나저나 감독은 어쩔 생각이지?'

찬열은 레드삭스의 로테이션을 떠올렸다.

예정대로라면 레드삭스는 밀워키와의 3연전 중 한 경기에는 웨이크필드를 올려야 했다.

문제는 내셔널리그에 지명 타자가 없다는 것이다.

홈팀이 밀워키이기 때문에 내셔널리그의 방식을 따라 지명 타자 제도가 없다.

지금까지 웨이크필드가 출전할 때는 찬열이 지명 타자로 출전했다.

작년 인터리그 때는 찬열을 아예 선발에서 제외시켰었다.

정확히 말하면 휴식을 준 것이다. 그가 빠지더라도 다른 선수를 내보내면 됐었다.

하지만 올해는 사정이 바뀌었다.

찬열은 1년 만에 레드삭스에서 대체 불가능한 선수 중 한 명이 되었다.

그를 선발 라인업에서 제외시키는 건 있을 수 없는 일이었다.

또한 현재 찬열은 한 경기 한 경기가 매우 중요했다.

월간 최다 홈런 기록에 도전하고 있으니 말이다.

메이저리그는 개인 기록에도 무척이나 신경을 썼다.

프랑코나 감독 역시 무리해서 찬열을 라인업에서 제외시키지 않을 것이다.

'쩝, 도착하면 알겠지.'

찬열은 의자를 눕히고 잠에 들었다.

＊＊＊

호텔에 도착한 찬열은 프랑코나 감독과 마주 보고 앉아 있었다.

"그러니까, 제가 웨이크필드의 공을 받으라는 거네요?"

"일단 시도를 해보자는 거지."

너클볼은 하루 이틀 만에 받을 수 있는 공이 아니다.

지금 시작을 하더라도 이번 시리즈에서 받지 못할 수도 있다.

하지만 프랑코나 감독은 시즌 전체를 보고 있었다.

'이번 같은 상황이 다시 일어나지 말라는 법은 없으니까.'

너클볼에 하루라도 빨리 익숙해져야 했다.

"알겠습니다. 그럼 내일 연습 때 받아보면 되겠죠?"

의외로 순순히 수락을 하는 찬열이었다. 하지만 크게 기대는 하지 않았다. 일단 익숙해지기만을 기대했다.

그러나 프랑코나 감독은 다음 날, 자신의 생각이 얼마나 멍청했는지 알게 됐다.

퍽-!

나비처럼 날아온 공에 따라 글러브가 움직였다. 그리고 정확히 받아냈다.

"오……."

공을 직접 던진 웨이크필드가 감탄을 터뜨렸다. 그만큼 찬열의 포구는 안정적이었다.

"예전에 너클볼을 잡아본 적 있나?"

웨이크필드의 말에 찬열이 웃으며 공을 던졌다.

"한국에 갔을 때 연습 좀 했습니다."

"그래?"

너클볼은 던지기 어려운 공은 아니다.

악력을 가지고 있다면 어느 정도 연습을 하면 던질 수 있다. 문제는 그걸 실전에서 사용할 수 있느냐는 것이다. 너클볼은 투수조차 어디로 갈지 모른다.

분명 바깥쪽으로 던지고 싶은데 한가운데로 들어가는 경우도 종종 있었다. 그런 공을 실전에서 사용한다는 건 대단한 배짱이 없으면 불가능했다.

그래서 젊은 투수들은 거의 사용하지 않았다. 너클볼이 아니더라도 다른 공을 이용, 타자를 제압하면 되니까 말이다.

하지만 포구 연습만이라면 이야기가 달라진다. 배짱이 없더라도 던질 수 있다. 그래서 찬열은 한국에 돌아갔을 때 동료에게 부탁해 너클볼을 던지게 했다.

물론 웨이크필드의 너클볼과는 차원이 달랐다.

하지만 충분히 익숙해질 수 있었다.

이후에는 이미지 트레이닝을 통해 끊임없이 웨이크필드의

너클볼을 포구하는 연습을 했다.

그 결과 실제로 웨이크필드의 너클볼을 잡을 수 있었다.

"조금 더 던져 보지."

"알겠습니다."

프랑코나 감독의 말에 웨이크필드가 고개를 끄덕였다.

너클볼은 어깨나 팔꿈치에 무리가 가지 않는다.

다른 구종과 달리 회전을 거의 사용하지 않기 때문이다.

덕분에 나이를 먹은 웨이크필드도 많은 공을 던질 수 있었다.

그는 연달아 너클볼을 던졌다.

매번 던질 때마다 궤적이 바뀌어 날아왔다. 그럼에도 불구하고 찬열은 척척 잡아냈다.

물론 모든 공을 잡아내는 건 아니었다. 하지만 특유의 빠른 몸놀림으로 바운드가 된 공을 블로킹했다.

'신체 능력이 워낙 좋으니 공이 뒤로 빠지지 않는군.'

프랑코나 감독은 감탄했다.

지금까지 많은 선수를 봤지만 찬열처럼 피지컬이 좋은 선수는 처음이었다.

'웨이크필드도 점점 안정감을 찾고 있는 거 같다.'

프랑코나 감독은 마음의 결정을 내렸다.

* * *

밀워키 브루어스의 홈구장인 밀러 파크에 레드삭스 버스가 도착했다. 많은 팬이 아메리칸리그의 인기 구단을 보기 위해 모였다. 오티즈, 베켓 등 스타 선수들이 내리자 환호성을 질렀다.

하지만 가장 큰 환호성은 찬열의 차지였다. 무려 10년 만에 대기록에 도전하다 보니 그사이 팬들이 압도적으로 늘어났다. 팬이 늘어났지만 찬열의 팬서비스는 그대로였다.

그 모습을 본 베켓이 고개를 내저으며 물었다.

"그렇게 사인을 해주고 나면 힘들지 않냐?"

"그래서 운동을 열심히 하잖아."

사인을 해주기 위해 운동을 한다니.

찬열다운 대답이긴 했다.

밀러 파크에서 연습을 하며 선수들이 몸을 풀었다.

찬열 역시 배팅 연습에 열을 올렸다.

그 역시 대기록을 의식할 수밖에 없었다. 메이저리그 역사에 자신의 이름을 남기는 일이다. 의식이 안 된다면 거짓말일 것이다. 하지만 조급한 마음은 먹지 않았다. 지금 상황에 조급함까지 생긴다면 밸런스가 깨질 수 있기 때문이다.

'마이너리그에 있을 때는 조급함 때문에 밸런스를 스스로 무너뜨렸다. 그리고 부상으로 이어졌지.'

찬열은 여유롭게 스윙을 하면서도 감을 잃지 않기 위해 노력했다.

VS 밀워키 브루어스 (24경기)

퍽-!

"볼! 베이스 온 볼!"

심판이 1루를 손으로 가리켰다.

"우우우우-!"

원정을 온 레드삭스 팬들이 야유를 보냈다.

하지만 브루어스의 선발투수 액스포드는 크게 개의치 않는 모습이었다.

[또다시 볼넷을 얻어 1루로 걸어 나가는 정찬열 선수입니다.]

[내셔널리그에도 명성이 퍼졌나 보군요.]

찬열이 보호 장구를 풀고 코치에게 건넸다.

"매번 이렇게 걸어서 오면 어떻게 하냐?"

"그러게요."

코치의 농담에 찬열이 웃으며 대꾸를 했다.

'내셔널리그도 날 피한단 말이지.'

기쁘면서도 심란했다.

기록 달성을 하고 싶은데 상대를 해주지 않으니 말이다.

'그럼 상대를 하게 만들어야겠지.'

그래서 찬열은 고민을 했다.

어떻게 하면 상대팀이 자신을 피하지 않고 승부를 할까?

그리고 결론을 내렸다.

베이스에서 떨어진 찬열이 더그아웃을 향해 사인을 냈다.

선수가 사인을 보내는 일은 많지 않다.

특히 찬열은 레드삭스 유니폼을 입은 이래 단 한 번도 사인을 낸 적이 없었다.

그랬기에 코치가 다시 한 번 확인했다.

확인을 끝낸 코치가 감독에게 다가가 작은 소리로 말했다.

"도루를 하겠답니다."

"도루? 누가?"

"정이요."

프랑코나 감독이 놀란 눈으로 찬열을 바라봤다.

그사이 액스포드가 초구를 던졌다.

퍽-!

"스트라이크!"

오티즈가 그냥 흘려보냈다.

베이스로 돌아온 찬열에게 프랑코나 감독이 다시 한 번 확인을 했다.

찬열은 같은 사인을 냈다.

'도루를 하겠다고?'

작년 시즌 찬열의 도루 성공률은 90퍼센트다. 하지만 시도

자체가 많지 않았다. 딱 10개를 시도했고 그중에 1개를 실패했다.

4번 타자치고는 빠른 발을 가지고 있었다.

'그러나 정은 포수다. 시즌을 길게 본다면 체력 안배를 해줘야 돼.'

하지만 찬열이 직접 낸 사인이다.

이걸 그냥 무시를 했다가는 선수의 기분을 상하게 할 수도 있다. 작년이라면 무시를 했을 수도 있다.

하지만 올해는 아니다. 그는 메이저리그에서 가장 많은 홈런을 때려내고 있으니까 말이다.

결국 프랑코나 감독은 사인을 수락했다. 승낙이 떨어지자 찬열이 미소를 머금으며 헬멧을 고쳐 썼다.

그리고 베이스에서 멀어졌다.

[정찬열 선수, 리드가 길어집니다. 설마 도루를 할 생각인가요?]

[한국에 있을 때 정찬열 선수는 발도 빠른 선수였습니다. 하지만 여기는 메이저리그입니다. 무리를 하지 않았으면 좋겠는데요.]

4번 타자의 도루.

그것은 득보다 실이 많았다.

도루는 많은 체력을 소비한다. 또한 온몸으로 땅에 부딪히기 때문에 충격도 크다. 극단적으로는 그 충격으로 타격 밸런스가 흐트러지는 경우도 있다.

성공을 한다 해도 고작 한 베이스다. 위험 부담을 안고 시도해야 될 필요는 없었다.

하지만 찬열은 리드를 넓혔다.

그때 액스포드가 1루로 공을 던졌다.

퍽-!

"세이프!"

찬열이 안전하게 베이스로 돌아갔다.

[안정적인 리드를 하는 정찬열 선수.]

퍽-!

"세이프!"

액스포드는 연달아 두 번의 견제를 더 했다. 그러나 위험한 순간은 한 번도 나오지 않았다.

'뛸 생각이 없는 건가?'

액스포드는 베이스 위에서 흙을 털어내는 찬열을 보며 의아한 표정을 지었다. 그리고 그 모습은 찬열의 눈에 그대로 캐치됐다.

액스포드가 로진을 손에 묻히기 위해 몸을 돌리는 순간.

찬열이 오티즈를 향해 사인을 냈다.

'나 뛴다.'

간단하면서도 심플한 사인이었다. 하지만 거기에 담긴 뜻이 무엇인지는 오티즈는 바로 판단했다.

'저 자식, 자기가 사인을 내다니.'

아니, 사인이라고 할 순 없었다. 그저 자신이 무엇을 할지에 대해 알려준 것에 불과했다.

하지만 그로 인한 차이는 분명 있었다. 다시 타석에 선 오티즈는 액스포드를 노려봤다.

액스포드가 드디어 공을 뿌렸다. 디딤 발이 홈 플레이트로 향하는 순간.

탁-!

"고!"

찬열이 스타트를 걸었다.

[정찬열 선수 뛥니다!]

"흡-!"

액스포드는 빠르게 홈으로 공을 뿌렸다.

포심 패스트볼이다.

아무래도 1루의 주자가 달리려는 모습을 보이니 빠른 공을 선택할 수밖에 없었다.

포수는 2루로 공을 던지기 위해 무게 중심을 위로 올렸다.

그 순간.

후웅-!

그의 눈앞으로 배트가 지나갔다.

딱-!

빠른 스윙과 함께 쳐낸 타구가 일이루간을 빠져나갔다.

[쳤습니다! 일이루간을 꿰뚫는 타구! 1루 라인을 타고 공이 흘러

나갑니다! 스타트가 빨랐던 정찬열 선수! 2루를 돌아 3루로 내달립니다!]

[무난하게 들어갈 것으로……!]

[아아! 3루를 지나쳤습니다. 그사이 우익수, 공을 잡아 홈으로 송구합니다!]

송구한 공이 정확히 포수를 향해 날아왔다.

찬열은 동료가 손을 밑으로 내리는 모습을 보고는 그대로 몸을 날렸다.

그의 위로 포수의 미트가 내려왔다.

촤아아악-!

퍽-!

"세이프!"

심판이 손가락으로 바닥에 떨어져 있는 공을 가리켰다.

그러면서 양팔을 좌우로 벌렸다.

포구 실패다.

[세이프입니다! 세이프! 공을 놓쳤습니다. 그사이 오티즈는 2루까지 들어갑니다! 완벽한 히트앤드런이 나옵니다! 선취점을 올리는 레드삭스! 그리고 1등 공신은 정찬열 선수입니다!]

"아자!"

짝-!

찬열이 동료들의 환대를 받으며 더그아웃에 들어왔다.

그 모습을 보며 프랑코나 감독은 고개를 절레절레 저었다.

'액스포드가 포수에게 던질 걸 알고 있었다. 그렇지 않으면 저렇게까지 과감한 스타트를 걸을 수 없었을 거야.'

사실이었다.

찬열은 액스포드가 로진을 꼼꼼하게 바르는 모습을 보고 분명 포수에게 공을 던질 것이라고 판단을 내렸다.

또한 포수의 움직임 역시 견제를 할 때와 조금 달랐다.

공을 받기 위해 자세를 정밀하게 잡는다고나 할까?

하지만 무척 미세한 차이였다.

만약 찬열이 포수가 아니었다면 캐치하지 못했을 정도로 미세한 차이.

그러나 그 차이가 이번 작전의 성공으로 이어졌다.

'무엇보다 발이 무척 빨랐다.'

찬열의 단거리 속도는 분명 팀 내에서도 손에 꼽힐 정도로 빨랐다.

하지만 도루와 베이스러닝, 그리고 단거리 달리기는 큰 차이가 있었다.

도루는 투수의 타이밍을 보고 달려야 한다.

베이스러닝은 각 베이스를 가장 단시간에 달려야 했다.

직선거리를 달리는 단거리 달리기에서 빠르다고 해도 반원을 그리며 달리는 것과는 분명 차이가 있었다.

그런데 찬열은 베이스러닝도 무척이나 훌륭했다.

도루의 타이밍 역시 완벽했다.

'카드가 늘어났다.'

그동안 찬열이 1루에 나가면 선택할 수 있는 카드가 많지 않았다.

하지만 이제는 아니었다. 도루라는 또 한 장의 카드를 손에 쥐게 되었다.

프랑코나 감독의 입가에 미소가 그려졌다.

선취점을 올린 레드삭스는 폭격을 쏟아부었다. 계속해서 점수를 냈고 그 결과 4회에 찬열이 다시 한 번 타석에 섰다.

그리고.

[3구 던집니다!]

슬라이더가 밋밋하게 꺾이며 들어왔다.

찬열은 그 공을 놓치지 않고 있는 힘껏 배트를 돌렸다.

따악-!

[밀어 친 타구! 우익수 방향으로 날아갑니다! 우익수!! 따라가는 걸 포기합니다! 넘어갑니다아아아!]

오랜만에 홈런포가 가동됐다.

[4월에만 18개의 홈런을 때려내는 정찬열 선수! 최다 기록에는 앞으로 단 2개만 남았습니다!]

대기록이 코앞까지 다가왔다.

다음 경기에서도 찬열은 볼넷을 얻어냈다.

달라진 게 없어 보였다. 하지만 그가 1루에 나가는 순간.

모든 것이 바뀌었다.

탁-!

"고!"

찬열이 질주를 시작했다.

[초구에 달리는 정찬열 선수! 타석의 오티즈가 배트를 돌립니다! 하지만 헛스윙! 포수, 2루에 공을 던집니다!]

쐐액-!

공이 직선으로 날아왔다.

엄청난 속도.

평범한 도루였다면 아웃이 될 만한 타이밍이었다.

하지만 찬열의 도루는 스타트가 너무 빨랐다.

촤아아아악-!

슬라이딩과 함께 2루 베이스에 손이 올라갔다.

턱-!

뒤이어 2루수의 글러브가 찬열을 터치했다.

"세이프!"

"와아아아아!"

관중들의 환호 소리가 경기장을 울렸다.

[시즌 두 번째 도루에 성공하는 정찬열!!]

[스타트가 너무 좋았어요. 포수가 공을 포구했을 때는 이미 2/3 지점을 달리고 있었습니다.]

찬열의 도루 능력이 빛을 발했다.

프랑코나 감독은 그 능력을 십분 발휘하게 했다.

그린 라이트.

주루 능력이 뛰어난 타자에게 언제든지 도루를 할 수 있는 권한을 부여한 것이다.

4번 타자가 그린 라이트를 얻는 경우는 극히 드물었다.

단 한 번의 도루 성공으로 얻을 수 있는 권리는 분명 아니었다.

상황이 조금 독특했기에 과감한 선택을 했다.

현재 찬열은 전 구단에서 경계 대상 1호에 뽑힐 정도로 압도적인 페이스를 뽐내고 있었다.

'앞으로도 베이스 온 볼로 1루에 나가는 일은 잦을 것이다. 그때마다 사인을 주기보다는 정의 센스를 믿는 게 더 옳아.'

그 생각은 정확히 맞아 떨어졌다.

도루에서 가장 중요한 건 역시 빠른 발이다.

하지만 그것만큼 중요한 게 관찰력이다.

아무리 경험이 많은 투수라도 홈에 공을 던지는 것과 견제를 하는 동작은 차이가 있었다.

그것을 캐치해야 도루의 성공 확률을 높일 수 있었다.

찬열은 그 캐치를 무척이나 잘했다.

투수의 동작만 보는 게 아니라 수비수, 포수의 움직임을 보고 달리기 때문에 성공 확률이 높았다.

'계속 달리지 못하더라도 상대팀의 머리에 도루를 할 수도

있다는 생각이 있으면 고의사구를 선택하기 꺼려진다.'

단 한 장의 카드.

하지만 그로 인해 발생되는 효과는 무궁무진했다.

딱-!

[오티즈 선수, 2구를 강타! 중견수 앞에 떨어지는 안타입니다!]

[정찬열 선수가 벌써 3루를 돌았어요!]

스타트가 빨랐던 찬열이 그대로 홈으로 쇄도했다.

중견수가 홈으로 던졌지만 늦었다고 판단, 포수가 마운드까지 나와 공을 잡았다.

오티즈가 2루로 가는 걸 방지했지만 아웃 카운트를 잡아내진 못했다.

[또다시 점수를 추가하는 레드삭스!]

이날, 찬열은 홈런을 추가하지 못했지만 도루를 2개나 성공시키며 팀의 득점에 공헌했다.

또한 밀워키는 경기에서 2번의 에러를 범했는데 공교롭게도 모두 찬열이 베이스에 나가 있는 동안에 일어났다.

7장

금자탑을 세우다

다음 날.

찬열은 불펜에서 웨이크필드의 공을 받았다.

퍽–!

퍽–!

나비처럼 날아온 공이 연달아 그의 미트에 박혔다.

"오늘 컨디션이 좋군."

웨이크필드가 가볍게 팔을 돌리며 말했다.

실제로 오늘 그의 너클볼은 변화무쌍이라는 말이 어울렸다. 연습 투구를 끝내고 웨이크필드가 이마에 솟아난 땀을 수건으로 닦아냈다.

"오늘 경기가 마지막인가?"

웨이크필드의 말뜻이 홈런 기록에 관한 것임을 안 찬열이 고개를 끄덕였다.

"네."

이틀 뒤.

하나의 경기가 더 남아 있다. 하지만 보스턴에는 비 예보가 있었다.

아마도 연기가 될 가능성이 높았다. 그렇게 되면 4월의 경기는 오늘이 마지막이 된다.

2개의 홈런이 남아 있는 상황.

밀워키가 계속해서 피한다면 이루지 못할 수도 있게 된다.

"조급해하지 말게."

그때 웨이크필드가 말했다.

찬열은 자신의 얼굴에 감정이 드러났음을 깨달았다. 억지로 얼굴 근육을 당겨 표정을 풀었다.

"표정이 아니야. 자네의 몸이 그렇게 말하고 있어. 지금 긴장이 된다고 말이야."

"그렇습니까?"

"지금도 충분히 대단한 업적을 이루고 있는 거야. 그러니 너무 조급해하지 말게."

툭-!

웨이크필드가 찬열의 어깨를 가볍게 토닥이고는 불펜을 빠져나갔다. 홀로 남은 찬열은 불펜 한쪽에 설치되어 있는 전신 거울 앞에 섰다. 그러고는 자신의 몸을 바라봤다.

"훗……."

긴장에 어깨가 올라가 있는 게 보였다. 우스운 모양새였다.

"에휴. 아직 멀었다, 찬열아."

짝—!

찬열은 스스로의 뺨을 때리고는 불펜을 나섰다.

* * *

밀러 파크가 매진이 됐다.

브루어스 팬들은 물론이거니와 레드삭스의 원정팬도 많이 찾았다.

또 한국 관광객들 역시 보였다. 한국 시각으로는 새벽에 펼쳐지는 경기였다. 하지만 인터넷 시청자 수가 100만 명에 육박할 정도로 엄청난 인기를 자랑했다.

한 아파트 단지는 모든 층에 불이 켜져 있을 정도로 오늘 경기는 국민적 관심을 끌었다.

[전국의 야구팬 여러분 안녕하십니까?!]

캐스터의 우렁찬 목소리와 함께 경기가 시작됐다.

어웨이인 레드삭스의 공격이 펼쳐졌다.

찬열은 벤치에 앉아 그라운드의 상황을 주시했다.

딱—!

[제이코비! 초구를 때렸습니다! 타구가 내야를 벗어납니다! 가볍

게 안타를 만들어내는 제이코비!]

공격의 시작이 좋았다.

찬열은 자신의 헬멧을 만지작거렸다.

제이코비가 나갔으니 자신의 차례까지 올 가능성이 컸다.

그때였다.

딱-!

[페드로이아, 3구를 때립니다! 중견수 키를 살짝 넘깁니다! 2루타입니다! 하지만 제이코비 홈까지 들어오지 못합니다.]

[무사 2-3루의 찬스가 만들어졌어요. 아주 좋은 기회입니다!]

[집중력이 무척 좋은 느낌입니다.]

캐스터의 말대로 레드삭스 선수들의 집중력이 매우 좋았다.

대기 타석에 서 있던 유킬리스가 가볍게 배트를 돌리며 타석에 들어섰다. 그리고 빈 대기 타석에 찬열이 섰다.

[정찬열 선수! 대기 타석에 모습을 드러냅니다!]

[웬만하면 1루가 채워진 상황에서 정찬열 선수가 타석에 섰으면 좋겠는데요.]

해설 위원의 바람이 통한 걸까?

퍽-!

"볼! 베이스 온 볼!"

[유킬리스 풀카운트에서 떨어지는 유인구를 참아냅니다! 볼넷으로 1루가 채워집니다!]

[1회부터 무사 만루의 찬스를 잡아냅니다! 그리고 타석에는 4번

타자 정찬열 선수예요!]

"정! 정! 정! 정!"

밀러 파크가 들썩이기 시작했다.

레드삭스 원정팬의 응원을 등에 업고 타석에 선 찬열이 숨을 골랐다.

"후우……."

'릴렉스, 릴렉스.'

그는 웨이크필드의 조언을 떠올리며 몸에 힘을 풀었다.

어깨에 힘이 들어가면 스윙에 쓸데없는 힘이 들어간다. 그렇게 되면 스윙이 늦게 되고 좋은 타구가 나올 수 없었다. 최대한 몸에 힘을 푼 찬열이 가상의 히팅 포인트를 만들어냈다.

"후우-!"

다시 한 번 숨을 내쉬고는 집중력을 끌어올렸다.

잡념이 사라지고 오로지 투수만이 그의 눈에 들어왔다.

사인을 교환한 투수가 초구를 뿌렸다.

'커브.'

그것도 스트라이크존을 한참 벗어나는 커브였다.

유인구라기보다는 실투에 가까웠다.

촤악-!

퍽-!

"볼!"

[실투인가요? 포수가 겨우 공을 블로킹합니다.]

[사인이 맞지 않은 것으로 보이네요.]

2구는 스트라이크가 들어왔다.

바깥쪽 존을 살짝 걸치는 슬라이더였다.

좋은 공이었다.

3구는 다시 볼이었다.

2볼 1스트라이크.

투수가 4구를 던지기 위해 발을 들었다.

그 순간 찬열의 눈이 빛났다.

"흡-!"

쐐액-!

공을 뿌렸다.

역회전이 걸린 공이 빠르게 날아왔다.

'포심!'

회전을 확인한 찬열이 스타트를 걸었다. 발을 내딛고 뒤이어 골반의 회전을 가져갔다.

부웅-!

이어서 시작된 상체의 회전과 함께 배트가 빠르게 돌아갔다.

낮은 코스로 들어오는 포심 패스트볼을 그대로 올려치는 어퍼 스윙의 궤적이 만들어졌다.

딱-!

[쳤습니다!]

[이건 커요!]

밀러 파크의 관중들이 일제히 일어났다.

중계를 보고 있던 사람들도 눈을 부릅뜨고 화면이 뚫어져라 쳐다봤다. 검은 하늘을 꿰뚫고 날아간 타구가 그대로 외야 관중석에 떨어졌다.

[넘어갔습니다!!! 1회 초에 터지는 19호 홈런! 올 시즌 첫 그랜드 슬램입니다!]

"와아아아!"

원정팬들이 일제히 환호를 질렀다.

* * *

[〈속보〉 보스턴 레드삭스의 정찬열, 1회 19호 홈런 기록! 월간 최다 홈런 기록 타이까지 단 1개를 남겨두었다.]

찬열의 활약은 실시간으로 속보 기사로 알려졌다. 포털 사이트 실시간 검색어 역시 순식간에 찬열과 관련된 단어로 채워졌다.

한편, 밀워키 브루어스는 1회 난타를 당했다. 찬열의 그랜드 슬램 이후 오티즈의 2루타, 벨트레의 투런포로 6점을 내준 것이다.

결국 선발투수가 강판당했다.

[1회에 선발이 마운드를 내려갑니다!]

뒤이어 마운드에 올라온 투수가 안타를 하나 더 허용하긴 했지만 무실점으로 1회 초가 끝났다.

긴 공격이 끝나고 찬열이 마스크를 쓰고 캐처 박스에 섰다.

[오늘 웨이크필드 선수가 마운드에 서는데도 정찬열 선수가 마스크를 쓰는군요.]

[그렇습니다. 너클볼을 잘 잡을 수 있을지 걱정이 되네요.]

하지만 걱정은 기우에 불과하다는 걸 첫 번째 타자를 상대하면서 알게 됐다.

"흡-!"

힘찬 기합 소리와 달리 나풀나풀 날아오는 공에 타자의 배트가 힘없이 헛돌았다.

퍽-!

그리고 공이 그대로 찬열의 미트에 꽂혔다.

"스트라이크! 아웃!"

[삼구삼진! 세 개 연속 너클볼을 선택하는 웨이크필드! 가볍게 첫 번째 타자를 돌려세웁니다. 무엇보다 정찬열 선수의 포구가 무척이나 안정적이네요.]

[그렇습니다. 제가 쓸데없는 걱정을 했었군요!]

찬열의 포구를 본 웨이크필드가 미소를 지었다.

'실전에서도 잘 잡는군.'

무엇보다 릴렉스한 상황에서 마지막까지 자신의 공을 지

켜보는 게 인상적이었다.

가슴속에 담아 두고 있던 일말의 불안감이 사라졌다.

웨이크필드는 찬열을 믿고 자신의 공을 있는 힘껏 던졌다.

딱—!

[높게 떠오른 타구! 하지만 멀리 뻗지 못합니다. 중견수 거의 제자리에서 잡아냅니다! 삼자범퇴로 이닝을 막아내는 웨이크필드! 그리고 정찬열 선수입니다.]

더그아웃에 돌아온 찬열은 장비를 벗고 바로 타격 준비를 했다. 1회 초 마지막 타자가 1번 제이코비였으니 2회 공격에 상관없이 자신까지 타순이 돌아온다.

선두타자는 페드로이아.

첫 번째 타석에서 2루타를 뽑아냈었다. 그리고 그 타격감은 2회에서도 여실 없이 뽐냈다.

딱—!

[쳤습니다! 삼루간을 빠져나가는 타구! 2회 만에 멀티 히트를 기록하는 페드로이아입니다!]

뒤이어 타석에 선 유킬리스.

딱—!

3구를 타격했지만 공이 높게 떠올랐다.

내야를 벗어나지 못한 공이 유격수에게 그대로 잡혔다.

[1사 1루의 상황! 그리고 타석에는 정찬열 선수가 들어섭니다!]

[한국에 있을 때부터 몰아치기가 장점이던 정찬열 선수입니다.

이번 타석을 기대해도 되는 이유죠!]

'내 스윙을 하자.'

찬열은 정신을 집중했다. 지금 이 순간 필요한 건 큰 것을 노리는 스윙이 아니다.

지금까지 해온 대로 스윙을 하는 것.

그것이 필요했다.

"후우-!"

한숨을 몰아쉬고는 정신을 집중했다. 주변의 모든 것이 사라졌다.

포수와 사인을 교환한 투수가 고개를 끄덕이고 초구를 던졌다.

그의 손에서 공이 떠나는 순간.

투수가 모습을 감췄다.

남은 건 오직 자신을 향해 날아오는 공이었다.

그때 공의 날아오는 궤적이 잔상처럼 남았다. 회전과 궤적이 보이자 그 공이 무엇인지 바로 파악할 수 있었다.

'투심 패스트볼.'

찬열이 배트를 돌렸다.

발을 내딛어 몸의 중심을 잡았다.

골반을 움직여 회전을 시켰다. 그리고 그 힘을 모두 상체로 움직여 배트를 돌렸다.

후웅-!

배트의 스위트 스폿에 정확히 공이 걸리는 게 보였다.

딱-!

경쾌한 소리가 울려 퍼지자 집중력이 깨지면서 타구가 날아가는 게 보였다.

[쳤습니다! 빠르게 날아가는 타구가…….]

밀러 파크에는 경기장 정중앙에 스크린 보드가 있었다. 그리고 그 위에 'Miller Park'라는 전광판이 양옆의 야구공 모양과 함께 설치되어 있었다.

그중에 오른쪽 야구공의 불이 꺼졌다.

[담장을 넘어간 타구가!! 밀러 파크의 야구공을 꺼버렸습니다!]

[월간 최다 홈런 기록과 타이를 이루는 정찬열 선수입니다!!]

찬열이 그라운드를 돌았다.

스코어는 8 : 0.

단 2회 만에 8점을 내는 레드삭스였다.

* * *

미국 야구계가 발칵 뒤집혔다.

설마설마하던 일이 실제로 벌어졌기 때문이다.

동양인 타자가 새미 소사의 월간 홈런 기록과 타이를 이룬 것이다.

약물을 통해 만들어낸 기록이다. 다시는 나올 수 없을 거라 생각했다.

그런데 달성했다.

게다가 경기는 아직 끝나지 않았다. 오늘 같은 흐름이라면 찬열은 앞으로 3번, 많게는 4번도 나올 수 있다. 그것을 알기에 사람들은 일말의 기대감을 가지고 경기를 지켜봤다.

하지만.

딱–!

[쳤습니다! 하지만 펜스를 때리며 타구가 떨어집니다. 2루에 가볍게 들어가는 정찬열 선수! 3타석 연속 안타를 때려냅니다.]

탄성이 대한민국에 울려 퍼졌다.

인터넷의 반응이 실시간으로 뜨거워졌다.

모든 이가 넘어갔다고 판단한 타구였다.

아주 약간 모자랐다.

정말 조금.

[십 센티만 더 뻗었다면 넘어갔을 텐데요. 정말 아쉽습니다!]

[역사를 세우는 게 쉬운 일은 아니군요.]

밀러 파크에도 아쉬워하는 관중들이 심심치 않게 보였다.

그중에는 브루어스를 응원하는 팬들도 있었다.

이런 대기록은 응원하는 팀과는 별개로 모든 야구팬이 하나가 되어 응원을 한다.

그건 미국 역시 마찬가지였다. 하지만 정작 찬열은 크게 개의치 않았다. 오히려 자신의 타격에서 실수했던 점을 떠올리며 반성하고 있었다.

'팔로스로가 제대로 이루어지지 않았다. 그래서 공에 힘을 제대로 실지 못했어.'

팔로스로는 마지막까지 배트를 돌리는 걸 의미한다.

이게 제대로 이루어지지 않으면 공에 힘이 덜 실리면서 제대로 뻗지 않는다.

펜스까지 날아간 건 찬열의 힘이 좋아서다.

원래라면 평범한 외야플라이가 되었어야 될 타구였다.

'다음에는 팔로스로를 제대로 하자.'

반성을 끝낸 찬열이 베이스에서 떨어졌다.

투수가 고개를 돌려 그런 찬열의 행동을 유심히 살폈다.

유격수 역시 바쁘게 움직이며 찬열을 현혹시키려 했다.

카메라는 대부분 투수와 타자만 찍는다.

두 사람이 주인공이기 때문이다. 하지만 드라마나 영화가 그렇듯 조연들도 바쁘게 움직인다.

특히 야구는 더욱 그랬다.

화면에는 나오지 않았지만 수비, 주자, 코치들은 언제나 바쁘게 움직였다. 그런 보이지 않는 노력이 있기에 호수비나 나이스 플레이가 나올 수 있었다.

'포수의 시선이 바쁘다. 투수도 긴장한 느낌이야, 게다가…….'

찬열의 시선이 옆으로 움직였다.

2루에 주자가 있을 때 베이스에는 유격수가 들어간다.

그런데 2루수의 움직임이 심상치 않았다.

'견제.'

머리가 번뜩였다.

찬열은 조금씩 베이스로 붙였다.

그러자 이번에는 2루수가 베이스에서 멀어졌다.

투수 역시 긴장을 푸는 게 느껴졌다.

이런 자잘한 순간들이 몇 번 더 지나갔다.

그렇지만 찬열은 3루로 뛸 생각은 없었다.

그저 투수의 신경을 거슬리게 하고 싶었을 뿐이다.

그 결과.

딱-!

오티즈의 배트가 맹렬하게 돌아갔다.

타구의 방향은…….

'우중간을 뚫는다.'

예상대로 우익수와 중견수 사이에 떨어진 타구가 펜스까지 굴러갔다.

찬열은 여유롭게 3루를 돌아 홈에 들어왔다.

"세이프."

"와아아아!"

[정찬열 선수, 홈인! 다시 1점을 내는 레드삭스입니다!]

* * *

경기는 완전히 레드삭스 쪽으로 기울었다.

신들린 방망이가 돌아갈 때마다 안타가 만들어졌다.

순식간에 점수가 두 자릿수로 돌입했다. 하지만 브루어스는 포기하지 않았다. 어떻게든 점수를 내기 위해 집중력을 끌어올렸다.

하지만.

퍽-!

"스트라이크!"

퍽-!

"스트라이크!"

후웅-!

"스트라이크! 아웃!"

[또다시 삼구삼진을 잡아내는 웨이크필드! 공이 춤을 춘다라는 말을 정확하게 보여주고 있습니다!]

웨이크필드의 너클볼은 마구와도 같았다.

브루어스 타자들의 배트를 피해서 찬열의 미트에 꽂혔다.

홈 플레이트 바로 위에서도 변화가 일어나기 때문에 타자들이 맞추질 못했다.

[웨이크필드의 공도 좋지만 정찬열 선수도 대단합니다. 공식전에는 첫 호흡인데 아직까지 공을 하나도 놓치지 않고 있어요.]

두 사람의 호흡은 예상외로 너무 잘 맞았다.

'공을 잘 받아주니 던지는 게 편하군.'

너클볼을 던지는 건 투수도 부담스런 일이다. 포수가 놓칠까 봐 걱정이 되기 때문이다.

그런데 찬열은 모든 공을 잘 받아주었다.

포구를 못할 거 같으면 몸을 날려 블로킹을 했다.

날렵한 몸놀림을 보자 그를 더욱 믿을 수 있었다.

"흡-!"

이번에도 너클볼을 뿌렸다.

코스 사인은 없었다.

어차피 어디로 날아갈지 모를 공이었기 때문이다.

나풀나풀 날아간 공에 타자의 배트가 돌았다.

후웅-!

홈 플레이트 위에서 공이 밑으로 뚝 떨어졌다.

놀리듯 배트의 밑으로 내려가는 공에 찬열이 미트를 밑으로 내렸다.

퍽-!

"스트라이크!"

웨이크필드의 호투가 계속됐다.

6회 초.

레드삭스의 공격이 이어졌다.

선두 타자는 3번 타자인 유킬리스였다.

브루어스는 투수진의 소모를 막기로 결정했는지 4회에 마운드에 오른 데릭이 6회에도 마운드에 올랐다.

투구 수는 30구가 넘은 상황.

불펜 투수에게는 한계 투구 수에 가까웠다.

하지만 아직 여유가 보였다.

딱-!

[2구를 강타! 하지만 2루수에게 잡힙니다! 공은 1루로, 아웃입니다!]

[멋진 다이빙 캐치 후 완벽한 송구였습니다.]

[그리고 타석에는 정찬열 선수가 들어섭니다!]

"와아아아!"

짝짝짝짝-!

레드삭스 팬들이 자리에서 일어났다.

뒤이어 박수 세례가 쏟아졌다.

대기록과 타이를 이룬 찬열에게 경의를 표하는 모습이었다.

[이전 타석에서와 마찬가지로 박수를 받으며 타석에 서는 정찬열 선수! 자랑스럽습니다!]

[오늘 같은 흐름이라면 한 번의 타석이 더 남아 있습니다만 그래도 이번 이닝에 한 방을 쳐줬으면 좋겠네요.]

타석에 선 찬열이 깊게 심호흡을 했다.

"후우……!"

호흡을 끊는 순간.

특유의 집중력이 발동됐다.

'마지막 순간까지 팔로스로를 잊지 마. 임팩트 순간 팔을 밀어라.'

팔을 끝까지 돌려라.

타격을 처음 시작할 때 배우는 말이다.

너무나 당연해서 많은 타자가 잊고 있는 일이다.

하지만 팔로스로는 타격에서 가장 중요하다고 할 수 있는 부분 중 하나였다.

특히 찬열 같은 거포형 타자들에게는 말이다.

찬열은 기본을 떠올리며 투수를 노려봤다.

'제길! 눈빛 한번 무섭네.'

데릭은 찬열의 눈빛에 주눅이 들었다.

마치 싸우자는 것 같았다.

'이미 이긴 경기인데 너무한 거 아니야?'

레드삭스가 낸 점수만 11점이다.

이긴 건 기정사실이다.

이쯤 되면 힘을 빼고 경기를 해도 될 일이었다.

그런데 찬열은 여전히 기합이 단단히 들어 있었다.

그게 마음에 들지 않았다.

'그 눈빛 좀 죽여주겠어.'

더그아웃에서는 마음대로 던지라는 오더를 내렸다.

이번 기회에 데릭을 시험해 볼 요량이었다.

'몸 쪽.'

데릭이 코스를 요구했다.

특이할 건 없었기에 포수가 고개를 끄덕였다.

구종은 포심 패스트볼. 데릭의 주 구종 중 하나였다.

"흡-!"

사인을 교환한 데릭이 있는 힘껏 공을 뿌렸다. 몸 쪽으로 날아오는 공이었다.

그런데 코스가 너무 몸 쪽으로 붙었다. 그리고 높았다. 자칫 잘못하면 공에 맞을 수도 있는 코스였다.

"어?!"

레드삭스 더그아웃이 술렁였다.

그때 찬열이 디딤 발을 바깥으로 내디뎠다.

그러자 히팅 포인트가 잡혔다.

찬열의 허리가 맹렬하게 돌아갔다.

후웅-!

스윙을 시작한 배트의 스위트 스폿에 정확히 공이 걸렸다.

딱-!

경쾌한 소리와 함께 타구가 날아갔다.

[쳤습니다!]

[이것도 갔어요!!!]

척 보기에도 큰 타구였다.

그리고 방향 역시 20번째 홈런을 날렸던 것과 비슷했다.

아니, 조금 더 좌익수 쪽에 가까웠다.

펑–!

[이번에는 왼쪽 야구공을 박살 내는 정찬열!! 월간 최다 홈런 기록을 갱신합니다!!!]

21번째 홈런을 자축하는 불꽃이 밀러 파크에 흘러내렸다.

* * *

레드삭스의 완승이었다.

웨이크필드는 8이닝 무실점 3피안타를 허용했다. 평소라면 경기 MVP가 되었어야 될 성적.

하지만 오늘은 다른 선수가 주인공이었다.

바로 정찬열이다.

한 경기 3홈런.

한 경기 7타점.

월간 최다 홈런 기록 21개로 갱신.

모든 기록을 세운 찬열을 취재하기 위해 수많은 언론이 클럽 하우스에 모였다.

"정! 최다 홈런 기록을 갱신한 기분이 어떻습니까?!"

"매우 좋습니다. 메이저리그 역사에 이름을 남겼다는 사실이 기쁩니다."

"많은 언론이 기록을 달성하지 못할 거라는 예상을 했는데요. 본인은 예상을 하셨습니까?"

"확신은 못했지만 가능성은 있다고 생각했습니다. 한국에 있던 시절에도 홈런을 몰아친 경험이 있었으니까요."

취재 열기는 뜨거웠다. 덕분에 다른 선수들이 짐을 모두 챙길 때까지 찬열의 인터뷰는 계속 진행됐다. 곧 구단 직원이 와서 정리를 해준 뒤에야 짐을 챙길 수 있었다.

그때 오티즈가 다가왔다.

"정!"

"응?"

휙-!

그가 야구공 하나를 던졌다.

가볍게 잡은 찬열이 공을 살폈다.

검게 그을린 야구공을 본 찬열은 이게 뭔지 알 수 있었다.

"축하한다!"

"고마워."

21호 홈런 볼.

그것이 그의 손에 들어왔다.

* * *

보스턴 구단은 발 빠르게 움직였다.

기념품을 만들고 예약을 걸어 판매를 시작한 것이다.

결과는 대성공이었다.

2,100개를 만들었는데 모두 팔려 나갔다.

특히 한국에 판매된 것만 해도 1,000개에 달할 정도로 인기가 뜨거웠다.

퍼펙트 역시 기념상품을 출시했다.

찬열의 스윙을 형상화해서 상품의 로고로 만든 것이다.

예약을 시작했는데 이 역시 1분 만에 모든 예약이 찰 정도로 대단한 인기를 누렸다.

보스턴 지역의 상가들 역시 찬열의 기록 달성을 축하하며 각종 이벤트를 진행했다.

보스턴시 역시 찬열의 기록 달성을 축하하고 나섰다.

MLB.COM은 기록 달성에 대한 기사를 메인 페이지에 노출시켰다.

각 메이저 언론들 역시 마찬가지였다.

미국 전역이 찬열의 이름으로 도배가 되기 시작한 것이다.

하지만 좋은 일만 있을 순 없었다.

펜 웨이 파크에 정장을 입은 일단의 무리가 들이닥쳤다.

클럽 하우스에 불시에 찾아온 그들이 찬열과 면담을 요구했다.

보스턴은 구단 직원과 프랑코나 감독을 동행한 채로 찬열과 그들의 대화를 승인했다.

"저희는 세계 반도핑 기구에서 나왔습니다."

그들이 오기로 한 건 이미 알고 있었다.

메이저리그 사무국 측에서 정찬열에 관한 강력한 테스트를 하기로 결정했음을 구단에 알렸기 때문이다.

그렇기에 찬열은 그들의 요청에 따라 혈액과 소변을 제출했다.

메이저리그는 도핑에 매우 민감하다.

90년대 후반, 2000년대 초반.

리그를 호령했던 대스타들이 도핑에 걸리면서 홍역을 치렀기 때문이다.

이후에는 시즌 기간 불시에 테스트를 진행했다.

그런 와중에 찬열이 새미 소사의 기록을 깼다.

일각에서는 찬열도 도핑을 한 게 아니냐는 의혹을 제기했다. 새미 소사 역시 약물 의혹을 받고 있었기 때문이다.

그랬기에 찬열에게 강력한 도핑 테스트를 시행하기로 결정을 내렸다.

레드삭스 구단 역시 이를 수용했다.

당사자인 찬열이 승낙했기 때문이다.

결과는 오래되지 않아 나왔다.

[메이저리그 사무국은 보스턴 레드삭스의 찬열 정의 도핑 테스트 결과를 발표했다. 올림픽 수준의 테스트를 진행을 했고 찬열 정은 모든 테스트에서 음성 반응이 나왔다. 레드삭스 구단은 당연

한 일이라는 반응을 보였다.]

도핑 테스트를 통과했다는 소식이 알려지자 그에 대한 미국의 반응은 더욱 호의적으로 돌아섰다.

이제 사람들은 그가 과연 이번 시즌 어떤 성적을 올릴지에 대해 관심을 가졌다.

TV를 보는 로버트는 전율을 느꼈다.

[대형 사고를 쳤어요! 월간 최다 홈런 기록을 21개로 늘립니다!]

카메라는 그라운드를 도는 정찬열을 잡았다. 동시에 불꽃이 흘러내리는 밀러 파크의 야구공을 비췄다.

마치 찬열의 대기록을 축하하는 것 같았다.

“하하…….”

헛웃음이 나왔다.

로버트는 야구 에이전트로 큰돈을 번 인물이다. 세계적인 명성도 얻었다. 그만큼 많은 선수를 만났고 그들의 플레이를 지켜봤다.

‘이 정도의 선수는 본 적이 없다.’

90년대부터 슈퍼스타들과 연을 맺었던 로버트다. 하지만 찬열은 전혀 새로운 타입의 선수였다. 그나마 비슷한 건 A-로드다.

“아니……. 오히려 더 뛰어나다.”

로버트는 찬열을 더 높게 봤다.

"어쩌면……."

이내 고개를 저었다. 거기까지는 너무 멀리 보고 생각을 한 것이다.

당장 필요한 건 현재의 찬열이다.

"일 년에 천만 달러? 어림도 없는 소리였군."

미친 소리였다. 저런 선수를 천만 달러를 받게 한다면 그건 에이전트의 무능력을 광고하는 것이나 다름없다.

"최소한 이천만…… 아니."

로버트의 눈이 빛났다. 모든 전략을 수정해야 했다.

"선수의 미래를 정확히 보고 옵트아웃을 넣었다. 에이전트 킴이라고 했던가?"

로버트는 오해하고 있었다. 옵트아웃을 옵션에 넣은 것이 김영재라고 말이다. 그래서 김영재에게 호감이 갔다. 정확히 말하면 호기심이다. 왜냐하면 메이저리그에서 옵트아웃을 가장 잘 이용한 인물이 바로 그였기 때문이다.

"진지한 이야기를 나눠봐야겠어."

그는 전화를 들었다.

* * *

찬열이 호텔을 나섰다.

오늘은 펜 웨이 파크에서 경기가 있는 날이다. 차를 타고 구장으로 향했다. 이제는 익숙해진 구장으로 가는 길이었다.

찬열의 전화가 울렸다.

“여보세…….”

[찬열~!]

익숙한 목소리다.

찬열의 입가에 미소가 그려졌다.

“안젤라, 왜 이렇게 기분이 좋아?”

전화를 건 인물은 안젤라였다. 자주는 아니더라도 간혹 통화를 하고 있었다. 대부분 안젤라가 걸어오는 전화였지만 말이다.

[나 오늘 보스턴에 가!]

“보스턴? 양키스가 오는 날은 아닌데?”

[보스가 찬열을 취재해서 오래!]

“타임즈에서 날?”

[이제 찬열은 전국구 스타잖아! 당연히 우리도 기사를 실어야지!]

“하하, 그래. 몇 시쯤 도착하는데?”

[음~ 앞으로 1시간 뒤!]

찬열이 시계를 확인했다. 일찍 나온 덕분에 연습까지는 여유가 있었다.

“알았어. 그럼 공항으로 마중 나갈게.”

[정말?!]

"응."

[그럼 게이트가 아니라 주차장에서 기다려! 찬열이 공항에 들어오면 위험하니까!]

"그래, 그럼 이따 보자."

[오케이~!]

전화를 끊은 찬열이 차를 돌렸다.

행선지는 공항이었다.

* * *

차에서 나와 안젤라를 기다렸다.

몇몇 사람이 그를 알아보고 사인을 요청했다.

찬열은 그런 사람들에게 사인을 해주며 시계를 확인했다.

"슬슬 올 때가 됐는데."

"찬열~!"

멀리서 안젤라의 목소리가 들려왔다.

고개를 돌리니 달려오는 안젤라가 보였다.

금방이라도 점프할 것 같던 그녀가 천천히 걸음을 멈췄다. 그러고는 가볍게 찬열을 안았다.

"오랜만이야."

떨어지며 미소를 짓는 그녀를 보자 찬열도 기분이 좋아졌다.

"밥 먹었어?"

"아직! 배고파……."

"가자. 맛있는 거 사줄게."

"오케이!"

찬열이 그녀의 짐을 트렁크에 실었다.

차가 부드럽게 출발해 곧 공항을 빠져나갔다.

"찬열! 기록 달성 정말 축하해!"

"고마워."

"이번 홈런으로 옵트아웃도 달성했지? 내년에는 FA가 되는구나!"

옵트아웃 기록을 달성하더라도 시즌 도중에 FA가 되는 게 아니다.

시즌이 모두 끝난 뒤 FA를 선언할 수 있었고 다른 구단과 협상이 가능했다.

"레드삭스가 당황하겠는데?"

안젤라의 말에 찬열이 미소를 지었다.

사실 이렇게 빨리 조건을 달성하게 될 줄은 자신도 몰랐다.

1년에 20홈런씩, 3년은 걸릴 거라 예상했다.

그런데 2년 만에 이루다니.

'내가 생각해도 정말 미친 거 같아.'

혼자였다면 해낼 수 없는 기록이었을 거다.

많은 이가 도와줘서 가능했던 기록이다.

"참, 아빠가 시즌이 끝나면 같이 식사나 하자던데?"

"그러자."

데이비드에게도 큰 신세를 졌었다.

감사의 인사를 분명히 해야 됐다.

안젤라는 소소한 이야기를 해주며 찬열을 즐겁게 해주었다.

두 사람은 곧 다운타운에 도착해 레스토랑에서 식사를 했다. 일 이야기를 딱히 하지 않는 안젤라 덕분에 편히 식사를 끝낼 수 있었다.

이후 차를 마시며 그동안 밀린 이야기를 했다.

"요즘 회사에서는 찬열에 대한 이야기뿐이야."

"그래?"

"응! 내가 찬열과 친하다는 걸 알고 나한테 물어보는 사람도 많아! 도대체 한국에서는 어떤 성적을 냈냐고 말이야."

안젤라는 회사의 일을 이야기하며 즐거워했다.

다른 곳에서 자신을 어떻게 판단하는지에 들을 수 있었기에 찬열 역시 흥미롭게 이야기를 들었다.

한참 동안 이야기를 하다 보니 어느덧 훈련 시간이 다가왔다.

"아, 슬슬 구단에 들어가야겠다."

"벌써?"

"응. 참, 오늘 자고 갈 거지?"

"응!"

"그럼 오늘 경기 티켓 구해줄게."

"고마워~"

안젤라가 찬열의 목에 팔을 걸었다. 그리고 볼에 입을 맞췄다.

쪽-!

찬열이 미소를 지으며 안젤라와 함께 카페를 나섰다.

* * *

마운드에는 베켓이 올랐다.

올 시즌에도 베켓은 에이스의 역할을 충실히 하고 있었다.

"흡-!"

베켓의 내딤발이 홈으로 향했다.

그 순간 1루에 있던 주자가 2루로 달렸다.

"고!"

1루수의 외침에 찬열이 무게중심을 높였다.

오른발을 조금 뒤로 빼면서 송구를 하기 편한 자세로 만들었다.

쐐액-!

베켓이 던진 포심 패스트볼이 낮게 깔려왔다.

후웅-!

타자의 배트가 돌아갔다.

맞추기 위한 타격이 아닌 주자를 살리기 위한 스윙이었다.

그러다 보니 느리면서도 시야를 가렸다.

하지만 개의치 않았다. 이미 그의 머릿속에는 주자가 어디쯤 달리고 있는지, 공이 어디쯤 날아왔는지 그려지고 있었다.

퍽-!

공이 정확히 미트에 꽂혔다.

그 순간 몸을 일으켰다.

2/3쯤 달린 주자가 눈에 들어왔다.

"흡-!"

찬열이 있는 힘껏 공을 뿌렸다.

쐐액-!

마운드에서 몸을 숙인 베켓의 머리 위로 공이 날아갔다.

퍽-!

공을 포구한 2루수가 그대로 글러브를 밑으로 내렸다.

헤드 퍼스트 슬라이딩을 하던 주자의 어깨를 정확히 때렸다.

"아웃!"

"와아아아!"

[아메리칸리그 도루 1위! 후안 피에르를 잡아냅니다!]

아웃을 당한 후안 피에르는 헬멧으로 얼굴을 가리며 절망했다.

[오늘만 벌써 두 번 주루사를 당합니다! 어깨가 정말 강한 정찬열 선수입니다!]

[무엇보다 제구가 완벽했어요.]

주자가 사라지자 베켓은 전력투구를 이어갔다.

퍽-!

"스트라이크!"

퍽-!

"스트라이크 아웃!"

이후 두 명의 타자를 삼진으로 처리하며 7이닝 1실점으로 마운드를 내려왔다.

그리고 7회 말.

딱-!

[쳤습니다! 갑니다! 우측 담장을…… 넘깁니다!]

찬열이 바로 홈런을 추가했다.

시즌 32호.

압도적인 페이스로 1위를 질주했다.

* * *

5월이 지나고 6월로 접어들었다.

메이저리그는 이제 올스타전을 위해 투표에 들어갔다.

올 시즌 올스타전 후보에 뽑힌 한국인 선수는 2명이었다.

클리블랜드의 추신성.

보스턴의 정찬열.

추신성은 메이저리그 데뷔 이후 최고의 성적을 이어가고

있었다.

찬열의 활약에 가려지긴 했지만 그 역시 클리블랜드에서 빼놓을 수 없는 선수가 되었다.

찬열은 말할 필요가 없었다.

5월까지 쳐 낸 홈런만 무려 32개였다.

메이저리그 전체를 통틀어도 가장 많은 홈런을 친 선수였다.

이번 시즌이 끝나고 FA가 되기 때문에 사람들은 그의 연봉이 역대 동양인 선수들을 모두 뛰어넘을 거라 생각하고 있었다.

아니, 어쩌면 A-로드를 넘을 수 있을 거라는 이야기도 나오고 있었다.

그도 그럴 것이 찬열은 24살이었다.

한국 나이로 하더라도 25살이다.

게다가 한국인 선수에게 가장 걸림돌인 군대 문제 역시 이미 처리했다.

장애물이 없었다.

당연히 많은 구단에서 군침을 흘렸다.

게다가 그가 올 시즌 로버트 세로니와 에이전트 계약을 맺은 게 알려지면서 기대감은 더욱 증폭됐다.

A-로드를 현재의 연봉을 받게 만든 게 누군가?

바로 로버트였다.

그가 또 한 번의 신화를 작성하길 많은 사람이 기대했다.

로버트는 그러기 위해서 바쁘게 움직이고 있었다.

하지만 찬열은 그런 외적인 부분에 신경을 쓰지 않았다.

지금 자신이 해야 될 건 야구다.

가장 중요한 야구가 무너지면 모든 게 깨진다.

그것을 잘 알고 있었다.

회귀 전에는 이것을 잘하지 못했다.

아니, 알지 못했다.

알려준 사람이 없었기 때문이다.

그래서 실패했다.

거액의 돈을 벌었기 때문에 자신은 이미 슈퍼스타라고 생각했었다.

더욱 노력을 해야 될 때에 돈을 쓰고 다녔다.

그 결과 이 시기에 자신은 마이너리그를 전전하고 다녔다.

또다시 찾아온 기회다.

같은 실수로 날려 버리고 싶은 생각은 조금도 없었다.

매일 일찍 구단에 나와 운동을 했다.

루틴을 꾸준히 지키기 위해서 노력했다.

때로는 힘들 때도 있었고 지칠 때도 있었다.

쉬고 싶었고 자신도 다른 선수들처럼 파티를 하며 즐겁게 놀고 싶었다.

그 역시 혈기 왕성할 나이였으니 말이다.

하지만 참았다.

인내의 끝에 달콤한 꿀이 있다는 걸 알기 때문이다.

* * *

클리블랜드 인디언스.

추신성이 뛰고 있는 팀이었다.

찬열과 달리 추신성은 고교를 졸업하고 메이저리그 구단인 시애틀과 계약을 맺었다.

그리고 마이너리그에서 끊임없이 뛰었다.

뛰어난 활약을 펼쳤지만 같은 팀에 레전드급 플레이어인 이치로가 있었기에 주전이 될 수 없었다.

결국 추신성은 클리블랜드로 트레이드가 됐다.

그는 거기서 꽃을 피웠다.

08년부터 주전으로 활약을 했고 09년에는 20-20을 달성했다.

클리블랜드가 경기를 위해 펜 웨이 파크를 방문했다.

당연하게도 그는 찬열과 만나고 싶었다.

같은 메이저리그에서 뛰지만 두 사람은 접점이 없었다.

지구가 다른 두 팀이 만나는 건 이번 경기가 처음이었으니 말이다.

'짐을 풀고 찾아가 봐야겠어.'

추신성은 클럽 하우스에서 짐을 풀었다.

대충 정리가 다 되어갈 무렵.

"추!"

클리블랜드 구단 직원의 부름에 고개를 들었다.

그는 클럽 하우스 입구를 손으로 가리켰다.

"레드삭스의 정이 찾아왔어."

거기에는 찬열이 서 있었다.

의외였다.

안면이 없기에 먼저 찾아올 줄은 예상하지 못한 것이다.

추신성은 그에게 다가갔다.

찬열이 그런 추신성을 향해 고개를 숙였다.

"안녕하십니까? 선배님!"

깍듯한 그의 모습에 미소가 그려졌다.

"반가워요."

코리안 메이저리거 두 사람이 손을 맞잡았다.

두 사람은 자리를 옮겼다.

아무래도 상대팀 선수가 계속 있기에는 자리가 불편했기 때문이다.

자리를 잡은 곳은 외야 관중석이었다.

아직 정비 중인 그라운드를 바라보며 추신성이 먼저 입을 열었다.

"그렇지 않아도 내가 가려고 했는데. 먼저 찾아와 줘서 고마워요."

"당연히 제가 먼저 와야죠. 선배님, 그리고 말 편하게 하십시오."

"하하, 그럴까?"

추신성이 웃으며 말을 이었다.

"작년에 만나고 싶었는데 하필이면 내가 부상을 입었을 때라서 볼 수가 없었네."

"아, 부상 부위는 이제 괜찮으신 겁니까?"

"응, 다 나았어. 하지만 언제 또 부상을 입을지 모르니 조심해야지."

야구 선수에게 부상은 일상이다.

언제 어디서 다칠지 모른다.

집 계단에서 굴러 팔이 부러지는 부상을 입은 선수도 있었다.

두 사람은 이런저런 대화를 나누며 시간을 보냈다.

오랜만에 한국어로 이야기를 하니 찬열도 기분 전환을 할 수 있었다.

즐거운 시간은 언제나 빨리 갔다.

"슬슬 일어날까?"

"네."

두 사람이 자리에서 일어나 다시 구장으로 들어갔다.

갈림길에서 두 사람이 마주 봤다.

"오늘 경기 잘해라."

"네, 선배님도요!"

"그래, 그리고 경기 끝나면 같이 밥이나 먹자."

"옙!"

악수를 한 두 사람이 각자의 클럽 하우스로 걸음을 옮겼다. 그리고 시간이 흘러 펜 웨이 파크의 조명이 켜졌다.

[보스턴 레드삭스 대 클리블랜드 인디언스의 경기가 시작됩니다! 오늘 경기를 기다리신 분이 많을 텐데요. 올 시즌 괴물 같은 활약을 펼치고 있는 정찬열 선수! 그리고 커리어하이 시즌을 보내고 있는 추신성 선수의 맞대결이 펼쳐집니다!]

[코리언더비라고 할 수 있겠네요.]

[그렇습니다! 클리블랜드에서 꽃을 피운 추신성 선수가 선두 타자로 타석에 들어섭니다!]

추신성이 좌측 배터 박스에 섰다.

찬열은 딱히 그에게 말을 걸지 않았다.

이곳은 승부의 세계다. 괜한 친분은 자신이나 상대에게 좋을 게 없었다.

찬열은 냉정하게 추신성의 약점을 떠올렸다.

'밀어 치는 타격이 좋다. 하지만 몸 쪽에는 조금 약해.'

가상의 스트라이크존이 그려졌다.

거기에 추신성의 핫존과 쿨존을 칠해 갔다.

이미지를 살린 찬열이 사인을 냈다.

'몸 쪽, 포심.'

마쓰자카 다이스케가 고개를 끄덕였다.

일본의 에이스였던 마쓰자카.

한때는 레드삭스의 에이스였지만 지금은 폐물에 가까운 투수가 됐다.

매년 재기의 발판을 위해 노력 중이었다.

하지만 쉽지 않았다.

올 시즌에도 현재까지 1승 3패를 기록 중이다.

사실 성적보다도 잦은 부상이 문제였다.

6월 현재까지 벌써 2번이나 부상을 당해 로스터에서 제외됐었다.

최근 몸 상태가 괜찮아져 다시 메이저리그에 콜업이 됐다.

강등과 콜업.

벌써 몇 년째 반복이 되고 있다.

다른 선수였다면 방출이나 트레이드를 했을 것이다.

하지만 들인 돈이 있기 때문에 그럴 수도 없다.

투자를 했으니 그만큼 뽑아내야 했다.

그러기 위해서 마쓰자카에게 더 많은 기회를 부여하고 있었다.

덕분에 마쓰자카는 보스턴에서 평판이 좋지 못했다.

차라리 새로운 투수에게 기회를 주는 게 좋지 않냐는 이야기가 계속 나왔다.

한때는 일본의 에이스였기에 일본 현지에서도 안타까워하

는 기사가 자주 보였다.

반면 찬열은 정반대의 상황이었다.

보스턴 지역지는 매일같이 찬열과 장기 계약을 맺어야 된다는 기사를 내놓고 있었다.

수많은 열성팬 역시 블로그에 찬열의 잔류를 요구하고 나섰다.

펜 웨이 파크에서 경기를 치를 때면 '정! 남아줘!'라는 문구가 적힌 피켓을 심심치 않게 볼 수 있었다.

그만큼 찬열은 보스턴 팬들에게 귀중한 선수가 되었다.

"흡-!"

마쓰자카가 내딤발을 내딛었다.

그리고 팔을 돌렸다.

쐐액-!

퍽-!

"볼!"

스트라이크존을 벗어났다.

요구했던 코스도 아니다.

볼 끝도 좋지 않아 추신성의 배트를 이끌어내기에 모자람이 많았다.

이후에도 마찬가지였다.

퍽-!

"베이스 온 볼!"

5개의 공을 던졌다.

그중에 4개가 존을 완전히 벗어났다.

제구력이 흔들리고 있었다.

결국 추신성이 1루로 걸어 나갔다.

[추신성 선수 첫 타석에 볼넷을 얻습니다. 현재까지 9개의 도루를 성공시킨 추신성 선수인데요. 하지만 포수가 정찬열 선수이니 달리는 것에 부담감이 있을 수밖에 없겠습니다.]

[맞습니다. 올 시즌 정찬열 선수의 도루 저지율은 무려 67퍼센트입니다. 현재까지 메이저리그 전체 1위에 올라있습니다.]

[팝 타임 역시 가장 빠르지 않습니까?]

[예, 공을 잡은 순간부터 송구가 2루에 도착하는 시간을 팝 타임이라고 합니다. 1.90초 정도면 수준급으로 보고 그 이하면 정상급으로 보는 게 기정사실인데요. 정찬열 선수는 무려 1.85초가 나오고 있습니다. 최고의 수비형 포수인 야디나 몰리나의 팝 타임이 1.87초였다는 걸 생각하면 0.02초가 더 빠릅니다.]

메이저리그의 정상급 주루플레이어들이 2루에 도달하는 시간은 3초 초반이다. 스타트를 투수가 공을 던지는 순간 끊는다는 걸 생각했을 때 그들을 잡기 위해서는 매우 촉박한 시간이다. 그래서 0.01초의 시간 단축이 중요했다.

찬열은 그 시간 단축을 가장 잘하는 선수 중 한 명이었다.

또한 주자의 심리를 읽을 줄 알았다.

이것이 찬열의 도루 저지율이 높은 이유였다.

많은 전문가가 그의 수비 능력에 찬사를 보내는 이유기도 했다.

'당장 뛸 마음은 없어 보이네.'

찬열의 시선이 추신성을 관찰했다.

베이스에서 떨어져 있는 모습이나 무게 중심을 낮추지 않고 있는 모습 등.

아무리 보더라도 도루의 기미는 보이지 않았다.

'마쓰자카가 너무 신경 쓰는데?'

문제는 마쓰자카였다. 1루 주자인 추신성에게 너무 신경을 쓰고 있었다.

찬열이 사인을 냈다.

'주자는 내버려 둬. 스트라이크존을 크게 보고 공을 던져.'

마쓰자카가 고개를 끄덕였다.

'바깥쪽, 포심.'

찬열은 일부러 포심을 계속 요구했다.

포심 패스트볼은 투수에게 가장 기본적인 공이다.

그런데 포심조차 제구가 잡히지 않는다면 다른 변화구는 말할 것도 없었다.

가장 먼저 해야 될 건 포심의 제구였다.

마쓰자카가 세트포지션으로 공을 뿌렸다.

"흡-!"

퍽-!

"볼!"

퍽-!

"스트라이크!"

딱-!

"파울!"

세 개의 포심을 연달아 던졌다.

바깥쪽, 몸 쪽, 위로 이어지는 로테이션이었다.

문제는 그중에서 제대로 들어온 건 몸 쪽 포심밖에 없다는 것이다.

특히 마지막 공은 위험했다.

조금 낮게 들어오면서 하마터면 정타가 될 뻔했다.

메이저리그는 몇 번의 타순이든 언제든지 홈런을 때려낼 수 있다.

그렇기에 모든 타자를 상대하는 데 조심해야 했다.

'변화구로 가보자.'

현재까지 마쓰자카가 던진 공은 8개.

그중에서 포심이 6개였다.

타자의 머릿속에는 포심을 염두에 둘 수밖에 없었다.

'슬라이더, 바깥쪽.'

마쓰자카가 고개를 저었다.

'포크볼.'

이번에도 마찬가지다.

설마하는 심정으로 다시 사인을 냈다.

'포심, 몸 쪽.'

고개를 끄덕였다.

아무래도 포심에 자신감이 붙은 듯 했다.

이럴 때가 있다.

특히 슬럼프에 빠졌던 투수가 자주 이런 모습을 보였다.

카운트가 잘 먹히는 공에 집착하는 모습.

하지만 좋지 않았다.

2번 타자에게는 3개의 공 모두 포심으로 던졌다.

눈에 익었을 게 분명하다.

제구력이 완벽한 것도 아니다.

찬열이 다시 사인을 냈다.

'슬라이더.'

하지만 이번에도 고개를 저었다.

"타임!"

찬열이 자리에서 일어났다.

[정찬열 선수, 타임을 요청합니다. 사인이 맞지 않은 건가요?]

찬열은 마운드에 올라가지 않았다. 포수라도 마운드 방문에는 제한이 있었다. 이런 일 때문에 방문할 필요는 없었다. 대신 더그아웃을 바라봤다. 감독의 지시를 원한 것이다.

감독은 가볍게 고개를 끄덕였다.

일단 투수인 마쓰자카의 자존심을 세워줄 생각인 듯했다.

마음에 들지 않았다. 하지만 포수는 희생할 줄 알아야 되는 자리다.

찬열이 다시 자리에 앉았다. 그리고 마지막 사인을 냈다.

'바깥쪽 낮은 코스, 포심.'

마쓰자카가 웃으며 피처 플레이트를 밟았다.

세트포지션에 들어간 그가 전력을 다해 공을 뿌렸다.

"차앗-!"

공이 날아왔다.

그것도 스트라이크존 한가운데로.

따악-!

[쳤습니다! 큽니다!]

[아~ 이건 넘어갔어요.]

[우측 담장을 넘기는 선제 투런포!! 클리블랜드, 선취점을 올립니다!]

8장

최고의 선수

마쓰자카는 1회에 무너졌다.

무려 5실점을 하고 마운드에서 내려왔다.

다행인 점은 뒤이어 올라온 롱 릴리프 투수인 하멀이 이닝을 마무리 지었다는 것이다.

하지만 5실점이나 했다.

이제 차근차근 따라가야 할 타이밍이었다.

그 기회는 1회에 찾아왔다.

선두 타자인 제이코비가 풀카운트 승부 끝에 베이스 온 볼을 얻어 1루에 나갔다.

이후 도루로 2루까지 진루를 했고 제이슨 베이가 안타를 쳐 1득점을 올렸다.

1사 1루의 상황.

그리고 찬열이 타석에 섰다.

[올 시즌 32홈런을 기록 중인 정찬열 선수가 타석에 들어섭니다. 좌투수를 상대로 올 시즌 3할이 넘는 타율을 유지 중인 정찬열 선수, 데이브 허프 선수를 상대로 과연 홈런을 추가할 수 있을지 기대됩니다.]

관중석이 떠들썩해졌다. 사람들이 뜨거운 응원을 보냈다.

찬열은 정신을 집중해 그 응원 소리를 지워 갔다.

[데이브 선수, 초구 던집니다.]

퍽-!

"볼!"

[스트라이크존을 크게 벗어납니다.]

찬열이 타석을 벗어났다. 가볍게 스윙을 하며 이미지를 그렸다.

'구속은 썩 빠른 편이 아니다. 하지만 볼 끝이 좋은 편이야.'

그렇다고 칠 수 없는 공은 아니었다.

찬열이 다시 타석에 섰다.

[데이브 선수, 2구 던집니다.]

"흡-!"

쐐액-!

공이 매서운 속도로 날아왔다. 릴리스 포인트에서 시작된 회전이 더욱 속도를 더해갔다. 집중력을 끌어올린 찬열의 눈에 공의 회전이 들어왔다.

'슬라이더.'

몸 쪽으로 휘어져 들어오는 코스였다. 찬열이 왼발을 배터박스 바깥쪽으로 내디뎠다.

후웅—!

골반을 회전시킨 찬열은 오른팔을 몸에 딱 붙여 스윙을 가져갔다.

따악—!

팔로스로가 완벽하게 이루어진 타구가 우익수 방면으로 날아갔다.

[쳤습니다! 큽니다!]

추신성이 맹렬하게 달려가는 게 보였다.

찬열도 베이스를 향해 전력질주 했다. 분명 제대로 때렸지만 홈런이라고 확신할 수 없는 타구다.

1루 베이스를 막 도는 순간.

추신성의 걸음이 멈췄다.

타구는 그대로 펜스를 넘어갔다.

[넘어갔습니다!! 33호 홈런을 기록하는 정찬열!!!]

* * *

경기는 클리블랜드의 승리로 돌아갔다.

타선이 고군분투했지만 1회에 잃은 5점이 뼈아팠다.

이날 경기에서 추신성은 4번 타석에 서서 3안타를 때려냈다.

찬열 역시 홈런 포함 3안타를 때려내며 한국 팬들의 기대에 부응하는 경기를 펼쳤다.

연이어 펼쳐진 경기에서도 두 선수는 맹활약을 이어갔다.

한국 팬들의 입장에서는 볼 맛이 나는 경기였다.

펜 웨이 파크에서 클리블랜드와의 3연전 마지막 경기가 열리고 있는 시각.

VIP룸에는 로버트 세로니가 앉아 있었다.

그의 맞은편에는 중후한 멋이 나는 남자가 창밖을 바라보고 있었다.

정확히 말하면 마스크를 쓰고 있는 찬열이었다.

로버트가 위스키 잔을 내려놓으며 말했다.

"정말 대단하지 않습니까?"

"모든 걸 갖춘 선수지."

남자는 찬열을 높게 평가했다.

하지만 그건 남자만의 평가가 아니었다.

메이저리그의 관계자들.

모든 이가 찬열에 대해 그렇게 평가를 내리고 있었다.

신이 내린 선수.

모든 걸 가진 선수.

결코 과장된 이야기가 아니었다.

현재 찬열의 페이스라면 전반기에만 40홈런이 가능했다.

일각에서는 찬열이 올 시즌 메이저리그 최다 홈런인 73홈런을 넘어설 거란 이야기를 하고 있었다.

그만큼 압도적인 페이스였다.

단순히 홈런만 뛰어난 게 아니었다.

안타, 득점, 타점, 도루, 타율까지.

타격 전 부문에서 아메리칸리그 순위권을 다투고 있었다.

진정한 5-TOOL 플레이어.

저런 선수를 잡고 싶지 않은 관계자가 어디에 있겠는가?

"얼마를 원하지?"

남자는 레드삭스의 단장이다.

그는 모든 것을 투자해서라도 찬열을 잡고 싶었다.

그럴 만한 매력이 있는 선수다.

"3,500만."

로버트 세로니가 고저 없는 목소리로 말했다.

단장은 아무런 대답도 하지 못했다.

메이저리그 역사상 가장 많은 연봉을 받는 건 A-로드로, 3,300만 달러라는 연봉을 받는다.

그 뒤로는 CC사바시아가 2,300만 달러라는 투수 최고액을 자랑하고 있었다.

하지만 이 두 선수는 메이저리그 악의 제국인 뉴욕 양키스의 선수들이다.

보스턴으로 한정 지으면 존 랙키가 2,150만 달러를 받아서 최고 연봉자였다.

물론 내년에는 더 내려간다.

이런 상황에서 3,500만 달러를 요구했다.

"장난이 심하군."

"장난으로 보입니까?"

두 사람이 서로를 마주 봤다.

마치 눈에서 불꽃이 튀는 것 같았다.

말없이 서로를 바라보던 단장이 어이없다는 듯 숨을 뱉었다.

"진심이군."

"A-로드보다 더 뛰어난 선수입니다. 당연히 그보다 더 높은 연봉을 받아야 되지 않겠습니까?"

"말도 안 되는 소리!"

"말이 되게 할 생각입니다. 두고 보십시오."

로버트 세로니가 몸을 돌렸다.

"올 시즌 정의 최종 성적이 나왔을 때. 내 제안을 거절한 걸 후회하게 될 겁니다."

더 이상 대화할 이유가 없다는 듯 로버트가 VIP룸을 나섰다.

홀로 남은 단장은 창밖을 주시했다.

"3,500만 달러?"

어이가 없었다.

그 금액을 줄 수 있는 곳은 없다. 아무리 뉴욕 양키스라고 해도 말이다.

단장은 그렇게 생각했다.

[메이저리그 올스타전 투표 포수 부문 2위, 전체 3위]

올스타전 투표는 인기투표다.

괴물 같은 시즌을 보내고 있는 찬열이지만 강력한 경쟁자가 있었다.

바로 조 마우어.

미네소타 트윈스의 안방마님이자 최고의 포수 중 한 명으로 이름을 떨치고 있는 선수다.

올 시즌 2,300만 달러라는 거액의 연봉을 받는 선수답게 지명도에서만큼은 찬열을 능가하고 있었다.

그도 그럴 것이 조 마우어는 찬열보다 더 긴 시간 메이저리그에서 활약하고 있었다.

당연히 팬이 많을 수밖에 없었다.

위대한 성적이 꼭 인기로 이어지지는 않으니 말이다.

그나마 다행인 건 조 마우어와의 표 차이가 크지 않다는 점이다.

2위인 앨버트 푸홀스와도 그리 큰 차이가 나지 않았다.

언제든지 역전이 가능한 상황.

하지만 그러기 위해서는 인상적인 활약이 필요했다.

아주 인상적인 무언가가 말이다.

* * *

레드삭스와 양키스의 대결은 언제나 야구팬들의 관심을 불러 모았다.

6월 마지막 시리즈.

올스타전을 앞두고 두 팀이 맞붙는 마지막 경기이기도 했다.

또 한 가지 이 경기가 중요한 이유가 있었다.

바로 두 팀의 순위다.

현재 레드삭스는 동부 지구 1위다.

2위는 바로 양키스였다.

승차는 1경기.

승률이 더 높은 양키스가 이번 시리즈에서 2승을 챙기면 순위가 역전이 된다.

레드삭스의 입장에서는 달아나기 위해, 양키스는 순위를 역전시키기 위해 시리즈의 승리가 중요했다.

당연히 양 팀의 분위기가 달아올랐다.

[베겟 선수, 5회 투아웃까지 잡고 위기에 빠집니다.]

조시 베켓은 오늘도 에이스다운 활약을 펼쳤다. 하지만 5회 들어 급격하게 제구가 흔들렸다. 정확히는 마운드에서 넘어진 다음부터였다.

'아무래도 문제가 생긴 거 같은데.'

원하는 코스로 공이 오지 않았다.

구위가 떨어진 건 아니었기에 릴리스 포인트가 흔들렸다고 판단을 내렸다.

투수의 릴리스 포인트는 경기 중에도 수도 없이 흔들린다.

그래서 베테랑인 베켓은 곧 정상으로 돌아올 거라 생각했다.

하지만 오판이었다.

공을 던질수록 구위도 떨어졌다.

볼 끝이 밋밋해 툭 건들기만 해도 내야를 벗어났다.

'마운드에서 자꾸 어깨를 만지는 것도 이상하다.'

남들이 보기에는 별거 아닐 수 있다.

하지만 작년과 올해 호흡을 맞춘 찬열에게는 분명 이상한 일이었다.

찬열이 자리에서 일어났다.

"타임!"

[정찬열 선수, 타임을 요청합니다. 그리고 마운드를 방문하네요. 정찬열 선수가 마운드를 방문하는 일은 그리 많지 않은데요.]

[정확한 타이밍에만 올라가기 때문에 그렇습니다. 사실 지금 타

이밍도 나쁘진 않지만 평소보다 한 템포 빠른 느낌이긴 합니다.]

마운드에 도착한 찬열이 조심스레 물었다.

"어깨가 불편해?"

베켓이 주저했다. 그리고 이내 고개를 저었다.

"괜찮아. 던질 수 있다."

찬열의 눈이 차분하게 가라앉았다. 그리고 베켓을 관찰하듯 바라봤다.

행동, 눈동자, 호흡까지.

익숙했다.

자신이 부상을 입었던 사실을 숨기던 때와 말이다.

"간단하게 체크해 보자."

"괜찮다니까?"

베켓이 고집을 부렸다.

투수들…… 아니, 특정 조건을 만족하는 선수들은 이런 모습을 보인다.

첫째는 팀에서 주전이 되지 못한 선수들이다. 기회를 얻었을 때 많은 걸 보여줘야 된다. 그래서 부상을 입더라도 숨기고 경기를 뛰는 경우가 많았다. 과거 찬열이 딱 그런 케이스였다.

둘째는 바로 고액 연봉자다. 많은 돈을 받는다는 게 좋게만 보이지만 당사자에게는 큰 스트레스를 준다. 좋은 성적을 내더라도 주변에서는 고액 연봉을 들먹이며 당연하다고 말한다. 그러면서 성적이 조금이라도 떨어지면 온갖 비난을 쏟아낸다. 그래서 대부분의 고액 연봉자는 큰 중압감을 받았다.

부상을 입었음에도 참는 이유 중 하나였다.

그걸 알기에 베켓의 말을 곧이곧대로 믿지 않았다.

결국 찬열이 손을 들어 더그아웃에 사인을 보냈다.

"뭐하는 짓이야?!"

"일단 코치하고 이야기해."

"내가 괜찮다니까?!"

베켓의 언성이 높아졌다.

그 역시 허리가 불편한 건 알고 있었다.

하지만 살짝 묵직한 정도다. 그동안의 경험으로 미루어 봤을 때 이 정도는 일시적인 현상에 불과했다.

조금 참으면 괜찮아진다.

무엇보다는 지금의 위기를 벗어나야 했다.

그러나 찬열은 단호했다.

"코치가 허락을 하면 계속 던져. 지금 네 몸 상태는 정상이 아니야."

"뭐?"

그사이 코치가 마운드에 방문했다.

"무슨 일이야?"

"베켓의 몸에 이상이 있는 거 같습니다."

"뭐?"

코치가 베켓을 바라봤다.

"괜찮습니다. 그냥 묵직한 정도예요."

베켓이 대답을 회피했다.

하지만 코치는 그의 몸 상태를 살폈다.

코치의 손이 허리의 이곳저곳을 만졌다.

그러다 뭉쳐 있는 곳을 발견했다.

"넘어질 때 무리가 간 거 같은데?"

"괜찮……."

"공을 던지는 데 구위가 조금씩 떨어지고 있습니다. 제구력 역시 흔들리고 있고요."

찬열의 말에 코치가 고심에 빠졌다.

베켓은 이 상황이 마음에 들지 않는 것 같았다.

하지만 찬열은 알고 베켓이 모르는 사실이 하나 있었다.

'2010시즌 베켓은 부상에 시달린다.'

베켓이 마이너리그에서 치료를 할 때 찬열은 우연찮게 그 기사를 접했던 적이 있다.

문제는 그 시점이 언제인지 정확히 알 수 없단 것이다.

'내가 회귀를 하면서 나비 효과로 인해 미래가 많이 바뀌었다. 그래서 부상이 오지 않을 수도 있을 거라 생각했는데.'

급작스런 구속의 저하, 제구력 불안.

베켓의 부상을 알고 있는 찬열의 입장에서는 걱정할 수밖에 없었다.

코치가 고심을 하다 입을 열었다.

"일단 한 타자만 더 상대를 해보자."

찬열의 얼굴이 굳어졌다.

하지만 코치의 말을 거역할 수도 없었다.

게다가.

"시간이 너무 지체됐어. 빨리 시작하자."

구심이 재촉을 하기 시작했다.

코치가 두 사람의 어깨를 툭 치고는 마운드를 내려갔다.

찬열은 굳은 얼굴로 베켓에게 말했다.

"베켓, 아프면 바로 말해라. 네가 심한 부상을 입으면 가족이 슬퍼한다."

찬열의 말에 베켓도 살짝 얼굴을 굳혔다.

"알았다."

찬열이 돌아갔다.

홀로 남은 베켓은 팔을 돌렸다.

'날 걱정해서 한 말인데…….'

후회가 됐다.

찬열에게 화를 냈던 게 말이다.

"후우-!"

깊게 숨을 몰아쉬고 집중력을 끌어올렸다.

다시 경기를 해야 될 때다.

하지만…….

따악-!

[A-로드 2구를 강타!! 그린 몬스터를 그대로 넘겨 버립니다!!]

쓰리런 홈런.

최악의 결과가 나오고 말았다.

결국 베켓이 마운드를 내려갔다. 그리고 이날 레드삭스는 양키스에게 패배하고 말았다.

* * *

경기에서의 패배.

하지만 그보다 더한 충격적인 뉴스가 클럽 하우스를 덮쳤다.

"베켓이 부상을 당했다."

프랑코나 감독의 말에 선수들은 놀랐다.

야구 선수에게 부상은 언제나 함께 하는 것이다.

놀란 이유는 베켓이 언제나 공을 제대로 던졌다는 점이다.

그래서 부상이 있을 것이라곤 생각지 못했다.

"얼마나 심각한 겁니까?"

오티즈가 물었다.

프랑코나 감독이 조심스레 말했다.

"아직 확정적인 건 없다. 정밀 진단을 들어갔고 조만간 결과가 나올 거다. 정!"

"예."

"잠깐 이야기 좀 하지."

찬열이 프랑코나 감독의 뒤를 따랐다.

그의 사무실에 들어가자 투수 코치가 먼저 자리에 앉아 있었다.

"앉지."

프랑코나 감독이 자리를 권했다.

빈 소파에 앉았다.

"어제 베켓의 이상을 말해준 덕분에 정밀 진단을 받을 수 있었다. 아주 잘했어."

"감사합니다."

"그런데 어떻게 알았나?"

프랑코나 감독은 그게 궁금했다.

투수가 갑작스럽게 컨디션이 떨어지는 일은 잦았다.

어제 베켓도 그럴 거라 생각했다.

하지만 찬열은 정확히 베켓이 부상이 있을 거라고 집어냈다.

수많은 선수를 봐온 자신도 못하는 일이다.

찬열이 차분하게 설명했다.

"처음 제구력이 흔들렸을 때는 넘어졌을 때 충격 때문이라고 생각했습니다. 하지만 뒤이어 구위까지 떨어지자 몸에 이상이 있는 건 아닌지 의심이 됐습니다."

"음…… 단순히 그거 때문에?"

"타임을 요청하고 마운드에 방문했을 때 베켓의 반응이 이상했습니다. 그래서 확신할 수 있었습니다."

"이상했다고?"

"베켓이 자존심이 강하긴 하지만 쓸데없이 화를 내는 타입은 아닙니다. 특히 저한테는 말이죠. 그런데 어제는 조금 민감하게 반응을 보였습니다. 그래서 코치를 호출했던 거죠."

"그렇군."

이야기를 듣고 나니 이해가 됐다.

"설명해 줘서 고맙네."

"아닙니다. 그럼 먼저 일어나겠습니다."

찬열이 사무실을 나갔다.

문이 닫히자 투수 코치가 말했다.

"베켓이 정에게 고마워하는 이유를 알겠네요."

"그러게 말이야."

병원에서 부상이라는 진단을 받은 베켓은 찬열에게 고마워했다.

두 사람은 그 이유를 몰랐다.

그런데 찬열의 이야기를 듣고 나니 그 이유를 알게 됐다.

의사는 베켓의 부상 부위를 보고는 이런 말을 했다.

"만약 1이닝이라도 공을 더 던졌으면 부상이 더 심해졌을 겁니다.

일찌감치 내려와서 다행이에요."

부상 부위는 허리였다. 고질적으로 문제가 있는 부위였다.

만약 투구를 더 해서 부상이 심해졌으면 팀에도 악재가 됐을 것이다.

'정말 대단한 놈이야.'

프랑코나는 베켓의 부상을 눈치챈 찬열에게 감탄을 하며 소파에 몸을 기댔다.

* * *

따악-!

[쳤습니다! 초구부터 맹렬하게 휘두른 배트에 맞은 타구가 우익수 키를 넘습니다! 하지만 중계 플레이가 좋네요. 정찬열 선수 2루에서 멈춥니다!]

찬열이 베이스 위에서 더그아웃에 주먹을 불끈 쥐어보였다.

[초구를 노리고 있었어요. 완벽하게 배트를 돌렸습니다. 하지만 사바시아 선수의 구위가 좋았기에 살짝 밀려 펜스를 넘기지 못했습니다.]

2회 말.

레드삭스의 공격이 시작됐다.

그 포문을 연 건 찬열이었다.

이후 타석에 선 오티즈가 사바시아의 4구를 그대로 올려 쳤다.

딱-!

[떨어지는 체인지업을 강타! 큽니다! 중견수 뒤로 물러납니다! 하지만…… 펜스에 막힙니다! 그리고 타구는 넘어갑니다!!]

[빅 파피 오티즈의 선제 투런포가 터집니다!]

찬열이 조깅하듯 3루를 돌아 홈으로 들어왔다. 그리고 오티즈를 기다렸다.

그가 홈을 밟자 찬열이 양손을 들어보였다.

"나이스 홈런!"

"아자!"

짝-!

손바닥을 부딪친 두 선수가 더그아웃으로 돌아갔다.

[어제와 달리 먼저 2점을 올리는 레드삭스! 기선 제압에 들어갑니다!]

하지만 사바시아는 금세 안정을 찾았다.

이후 타자 세 명을 삼진 두 개, 내야땅볼 하나로 돌려세우고 마운드를 내려왔다.

찬열이 마스크를 쓰고 캐처 박스에 섰다.

오늘 파트너는 팀 웨이크필드였다.

'오늘은 왠지 느낌이 좋아.'

찬열의 손가락이 바쁘게 움직였다.

웨이크필드가 고개를 끄덕였다.

특유의 투구 폼으로 공을 뿌렸다.

강속구가 아닌 나풀나풀 날아오는 공에 버크먼의 배트가 돌았다.

후웅-!

퍽-!

"스트라이크!"

공은 그대로 미트에 꽂혔다.

다시 공을 웨이크필드에게 던진 찬열이 버크먼을 살폈다.

'몸에 힘이 들어갔다. 저런 상태에서는 너클볼을 치기 어렵지.'

너클볼을 치기 위해서는 가볍게 툭 건드려야 했다.

멀리 치려고 하면 오히려 더 치기 어려웠다.

'다시 한 번 너클볼.'

타자의 몸에 힘이 들어가 있는 상황에서는 너클볼이 가장 제격이었다.

그리고 그의 생각대로 경기가 이어졌다.

퍽-!

"스트라이크!"

퍽-!

"스트라이크! 아웃!"

[3회 초, 첫 타자를 삼구삼진으로 돌려세우는 웨이크필드! 3구

모두 너클볼이었는데 버크먼 선수의 배트는 스치지도 못했습니다!]

커티스 그랜더슨이 타석에 섰다. 버크먼과 달리 몸에 힘을 뺀 모습이 인상적이었다.

'이럴 때는…….'

손가락이 다시 움직였다.

고개를 끄덕인 웨이크필드가 공을 뿌렸다.

쐐액-!

퍽-!

"스트라이크!"

[커티스를 상대로는 초구부터 포심 패스트볼! 허를 찔린 듯 꿈적도 못하는 커티스입니다!]

커티스는 너클볼을 노리고 있었다.

앞선 타자들에게 너클볼을 가장 많이 던졌으니 말이다.

그런데 포심이 들어왔다.

'다음에는 너클볼이 오겠지.'

웨이크필드의 트레이드마크는 너클볼이다.

분명히 올 것이다.

하지만…….

쐐액-!

퍽-!

"스트라이크!"

또다시 포심이 들어왔다.

투 스트라이크.

이렇게 되니 커티스의 머리가 복잡해졌다.

'제길……. 너클볼을 기다릴 수 없겠어.'

커티스는 모든 구종을 염두에 두어야 했다.

그의 몸에 이전과는 달리 조금 힘이 들어간 것을 본 찬열이 손가락을 움직였다.

'너클볼.'

고개를 끄덕인 웨이크필드가 너클볼 그립을 집었다.

"흡-!"

기합 소리와 함께 공을 뿌렸다.

커티스의 스윙이 일찌감치 시작됐다.

하지만 공이 오지 않았다.

'제길!'

나풀나풀 날아오는 공에 배트를 거의 놓듯 콘택트를 했다.

딱-!

[엉덩이가 빠지면서 겨우 공을 맞춘 커티스! 하지만 공은 평범한 플라이가 됩니다. 우익수, 안전하게 공을 잡습니다!]

완벽하게 농락을 당한 커티스가 신경질적인 모습으로 더그아웃으로 돌아갔다.

'오늘 컨디션 좋은데?'

웨이크필드의 컨디션도 좋았다. 하지만 무엇보다 자신의 컨디션이 좋았다. 타자가 무슨 생각을 하는지 보였다.

타석에 가드너가 들어왔다.

그 역시 무슨 생각을 하는지, 어떤 타구를 노리고 있는지 훤히 보였다.

물론 생각이 보인다는 게 아니다.

움직임, 배트를 쥐고 있는 모습, 시선이 닿고 있는 방향 등.

모든 것이 복합적으로 보였다.

그러면서도 웨이크필드가 던지는 너클볼에도 정신을 집중할 수 있었다.

너클볼이 나풀나풀 걸리며 날아왔다.

위에서 밑으로 떨어졌다가 홈 플레이트 앞에서는 오른쪽 아래로 떨어졌다.

빠르게 무게 중심을 이동시키며 오른발로 가랑이 사이를 막았다.

후웅—!

배트가 돌았다.

하지만 공은 배트를 피해 홈 플레이트 뒤를 그대로 때렸다.

퍽—!

그리고 튕겨져 나온 공이 찬열의 프로텍터를 때렸다.

"스트라이크!"

[정찬열 선수! 멋진 블로킹입니다!]

[주자가 없는 상황이니 공을 놓쳐도 되는 거 아니냐라고 말하는 분들도 계십니다. 하지만 저런 상황에서도 공을 잡아주는 모습을 보여

주면 투수는 무척이나 안정감을 가지게 됩니다. 믿음이 생기는 거죠.]

웨이크필드는 찬열을 백 퍼센트 신뢰했다.

그가 요구하는 구종과 코스에 정확히 공을 뿌렸다.

물론 너클볼은 자기 멋대로 날아가지만 말이다.

그럼에도 불구하고 찬열은 모든 공을 완벽하게 잡아냈다.

퍽-!

“스트라이크! 아웃!”

[또다시 삼진! 3회 동안 단 하나의 피안타도 허용하지 않는 웨이크필드입니다!]

‘역시 느낌이 좋다니까.’

찬열이 웃으며 웨이크필드의 글러브를 가볍게 터치했다.

* * *

4회 말.

다시 찬열이 타석에 섰다.

이번에는 베이스에 주자가 있었다.

레드삭스의 리드오프인 맥도널드였다.

타석에 선 찬열은 정신을 집중해 사바시아에게 집중했다.

반면 사바시아는 찬열에게 집중할 수 없었다.

맥도널드는 올 시즌 레드삭스에서 15개의 도루를 기록 중이었다.

언제든지 뛸 수 있기 때문에 신경을 써야 했다.

하지만 그 결과는 최악으로 이어졌다.

사바시아가 초구를 뿌렸다.

떨어지는 체인지업이다.

하나 아주 밋밋하게 떨어졌다.

그리고 현재 최고의 컨디션인 찬열은 그런 공을 놓치지 않았다.

후웅—!

따악—!

경쾌한 소리와 함께 타구가 좌익수 방향으로 날아갔다.

[이건 큽니다! 커요!]

[갔어요!]

[그린 몬스터를…… 넘깁니다! 시즌 37번째 홈런을 때려내는 정찬열 선수입니다!]

완벽한 타이밍에 이루어진 스윙이었다.

찬열은 이 홈런으로 사바시아를 무너뜨렸다.

* * *

딱—!

[커티스 너클볼을 때립니다! 하지만 평범한 내야땅볼이 됩니다. 유격수 잡아 1루에 송구, 투아웃이 됩니다.]

[웨이크필드 선수 오늘 정말 좋은 투구를 보여주고 있습니다. 6회 초인 현재까지 8탈삼진, 무피안타, 1볼넷을 내주며 노히트 피칭을 이어가고 있어요.]

[투구 수도 고작 72개로 매우 좋은 수치를 기록 중이죠.]

[맞습니다. 웨이크필드는 노히트노런과는 인연이 없는 선수였는데요. 과연 오늘 경기에서 노장의 투혼을 발휘해 줄지 기대가 됩니다.]

웨이크필드의 집중력이 절정에 달했다.

"흡-!"

쐐액-!

공이 횡으로 휘며 날아왔다.

슬라이더.

가드너의 배트가 돌아갔다.

딱-!

배트의 끝에 공이 맞았다.

[밀어 친 타구! 하지만 코스가 좋습니다!]

타구가 3유간으로 빠르게 굴러갔다.

정확히 말하면 3루 쪽에 조금 더 가까웠다.

3루수인 로웰이 처리하지 못하면 빠져나갈 확률이 높았다.

로웰이 사이드로 달리며 글러브를 내밀었다.

"큭-!"

하지만 타구의 속도가 빨랐다.

로웰이 잡기에는 무리가 있었다.

글러브의 밑으로 타구가 빠져나갔다.

모든 이의 머릿속에 노히트가 깨졌다라는 생각이 스쳐 지나갔다.

그 순간.

유격수 마르코가 슬라이딩을 했다.

촤아악-!

손을 뻗어 공을 포구한 마르코가 벌떡 일어나 1루로 공을 뿌렸다.

쐐애액-!

퍽-!

"아웃!"

[아웃! 주자 아웃입니다! 웨이크필드의 노히트를 지켜내는 유격수 마르코!! 대단한 플레이가 나옵니다!]

[와…… 정말 이게 메이저리그다! 라고 말해주는 플레이가 나왔습니다. 정말 대단합니다.]

웨이크필드의 노히트노런이 지켜졌다.

이제 남은 건 단 9명의 타자.

점점 현실에 가까워지고 있었다.

모든 이의 관심이 웨이크필드의 노히트노런에 집중됐다.

하지만 한국에서는 달랐다.

[원아웃에 정찬열 선수가 타석에 들어섭니다. 지금까지 홈런과 2루타를 기록한 정찬열 선수, 앞으로 안타와 3루타만 나오면 사이클

링 히트가 가능합니다.]

찬열은 거리낌 없이 초구에 배트를 돌렸다.

딱—!

좌익수 앞에 떨어진 타구.

가볍게 1루에 들어가는 찬열을 보며 캐스터가 외쳤다.

[안타가 나옵니다! 이제 남은 건 3루타 하나!]

[자, 과연 메이저리그 진출 이후 첫 사이클링 히트를 기록할 수 있을 것인가? 무척이나 기대가 됩니다!]

각종 포털 사이트가 또다시 난리가 났다.

[1. 정찬열 사이클링 히트]

[2. 사이클링 히트]

[3. 웨이크필드 노히트노런]

1위부터 10위까지 찬열이 관련된 단어로 채워졌다.

노히트노런과 사이클링 히트.

메이저리그에서도 일 년에 몇 번밖에 나오지 않는 대기록들이다.

그 두 가지 기록에 모두 찬열이 관여가 되어 있었다.

노히트노런은 투수가 주인공이다. 하지만 기록지에는 포수 역시 이름을 올린다. 파트너이기 때문이다. 그렇기 때문에 찬열에게도 매우 영광적인 기록이 될 수 있었다.

사이클링 히트 역시 마찬가지다. 동양인 선수가 메이저리그에서 사이클링 히트를 기록한 적은 단 한 번도 없다. 은퇴 이후 명예의 전당이 예약되어 있다는 평가를 받는 이치로조차 사이클링 히트를 한 적은 없었다. 그렇기 때문에 사람들의 관심이 집중됐다.

7회 말.

웨이크필드가 다시 마운드에 올랐다.

펜 웨이 파크의 관중석에서 환호성이 터져 나왔다.

그들 역시 웨이크필드의 노히트노런을 인지하고 있었다.

웨이크필드는 응원에 호응을 하듯 여전히 위력적인 너클볼을 연달아 뿌렸다.

펑—!

"스트라이크! 아웃!"

딱—!

"아웃!"

퍽—!

"아웃!"

[웨이크필드, 또다시 삼자범퇴!! 첫 타자를 삼진으로, 두 번째 타자는 우익수 플라이, 그리고 마지막 타자를 내야땅볼로 돌려세웁니다!]

[오늘 너클볼이 정말 춤을 춥니다! 타자들의 배트가 맥없이 돌아가고 있어요!!]

더그아웃에 돌아간 웨이크필드는 홀로 벤치에 앉았다.

수건을 머리에 쓰고 호흡을 골랐다.

너클볼은 다른 구종에 비해 체력 소모가 적다.

하지만 웨이크필드는 40대다.

아무리 적은 체력 소모라 하더라도 지칠 수밖에 없었다.

게다가 한여름이란 것 역시 그의 체력을 앗아가는 요인 중 하나였다.

'체력을 회복해야 돼.'

음료를 마시며 최대한 체력 회복에 집중했다.

[7회 말, 원아웃에 9번 마크로 선수가 타석에 들어옵니다.]

[호수비를 보여 주었으니 공격에서 뭔가 하나 보여 주면 좋을 거 같은데요.]

딱—!

[초구를 때리는 마르코. 하지만 파울입니다.]

퍽—!

"볼!"

[변화구를 잘 골라냈습니다.]

딱—!

[잘 맞은 타구! 아~ 하지만 라인을 벗어나네요. 다시 파울입니다.]

[벌써 투 스트라이크입니다. 다소 성급하게 공격을 이어나가네요. 웨이크필드가 체력을 회복하기 위해서는 조금 더 시간이 필요할 것 같은데요.]

퍽-!

"볼!"

[또다시 볼입니다. 이번에는 참아내는 마르코!]

성급했던 마르코가 변했다.

배트를 짧게 쥐고 집중력을 끌어올렸다.

'조금이라도 더 오래 버텨야 된다.'

그 역시 웨이크필드의 상황을 잘 알고 있었다.

체력이 떨어졌을 거다.

이런 날씨라면 자신도 힘들다.

그것을 알기에 어떻게든 오래 버틸 생각이었다.

딱-!

"파울!"

딱-!

"파울!"

스트라이크존을 넓혔다. 그래서 비슷하게 들어오는 공들은 모두 걷어냈다. 집중력을 끌어올린 덕분에 공을 커트하는 건 어렵지 않았다.

딱-!

[9구째도 커트를 해내는 마르코! 대단한 집중력입니다!]

하지만 한계라는 게 있다.

결국.

쐐액-!

"흡!"

떨어지는 체인지업에 무게 중심을 낮췄다. 하지만 급작스러운 중심 이동에 마르코의 하체가 흔들렸다. 당연히 스윙의 궤적 역시 흔들리게 됐다.

후웅─!

퍽─!

"스트라이크! 아웃!"

[아~ 10구째에서 삼진을 당하는 마르코! 아쉽습니다. 하지만 끈질기게 투수를 괴롭혔습니다!]

마르코만이 아니었다.

이후 타석에 선 타자들은 쉽사리 승부를 하지 않았다.

모두 같은 마음이었다.

웨이크필드의 체력 회복을 위해 최대한 승부를 길게 가져갔다. 카운트가 몰리면 스트라이크존을 넓히고 비슷한 공은 모두 커트해 냈다. 덕분에 보스턴의 공격이 20분이 넘게 이어졌다.

하지만 그것도 끝이 났다.

딱─!

[높게 뜬 타구! 우익수가 잡아냅니다. 길고 길었던 보스턴의 공격이 드디어 끝납니다.]

[점수를 내진 못했지만 웨이크필드 선수가 휴식을 취하기에는 충분한 시간이었습니다.]

사실이었다.

다시 글러브를 낀 웨이크필드는 어깨가 가벼워진 걸 느꼈다.

야구는 팀 스포츠다.

단순히 치고 달리고 던지고 받는 게 팀플레이의 전부가 아니었다. 이런 외적인 부분 역시 신경을 써주는 게 팀플레이라고 할 수 있었다. 그리고 웨이크필드는 동료들의 노력에 호응을 했다.

"흡-!"

퍽-!

"스트라이크!"

[8회 초! 다시 구위가 살아난 웨이크필드! 초구부터 포심으로 카운트를 잡습니다!]

세 명의 타자. 그리고 세 개의 아웃 카운트.

웨이크필드의 노히트노런이 점점 가까워지고 있었다.

그리고 8회 말.

[유길리스 선수, 7구만에 안타를 때려 1루에 출루합니다. 그리고 타석에 레드삭스의 4번, 정찬열 선수가 들어옵니다.]

"와아아아!"

펜 웨이 파크의 관중들이 일제히 일어났다.

그에게 우레와 같은 박수 소리가 쏟아졌다.

[사이클링 히트까지 3루타 하나를 남겨놓은 정찬열 선수, 과연 대기록을 수립할 수 있을지 기대가 됩니다!]

사이클링 히트.

1루타, 2루타, 3루타 그리고 홈런까지.

한 선수가 한 경기에 모든 안타를 때려내면 달성할 수 있는 기록이다.

선수들은 말한다. 사이클링 히트에서 가장 어려운 건 3루타라고 말이다.

3루타는 타자의 힘만으로는 이뤄내기 어려운 기록이었다.

찬열도 그것을 잘 알고 있었다. 하지만 그는 불가능이란 단어를 떠올리지 않았다.

타석에 들어오기 직전.

프랑코나 감독이 자신에게 했던 말을 떠올렸다.

"2루타를 치면 무조건 3루까지 달려!"

프랑코나 감독은 찬열의 사이클링 히트를 전적으로 지지하고 있었다. 그렇기에 찬열은 힘을 얻을 수 있었다.

'반드시 친다.'

찬열이 타석에 섰다.

to be continued

반자개 장편 소설
WISHBOOKS MODERN FANTASY STORY
Wish Books
건축의 신
누구도 내딛어 보지 못한
그 한 걸음을 내딛는 자!
평범한 가구 회사에 다니던 성훈
그러던 어느 날,
사고로 인해 20년 전으로 돌아왔다!
다시 시작하는 삶.
절대로 헛되이 보내지 않겠다!
세계 최고의 건축가가 되기 위한
성훈의 활약이 펼쳐진다!

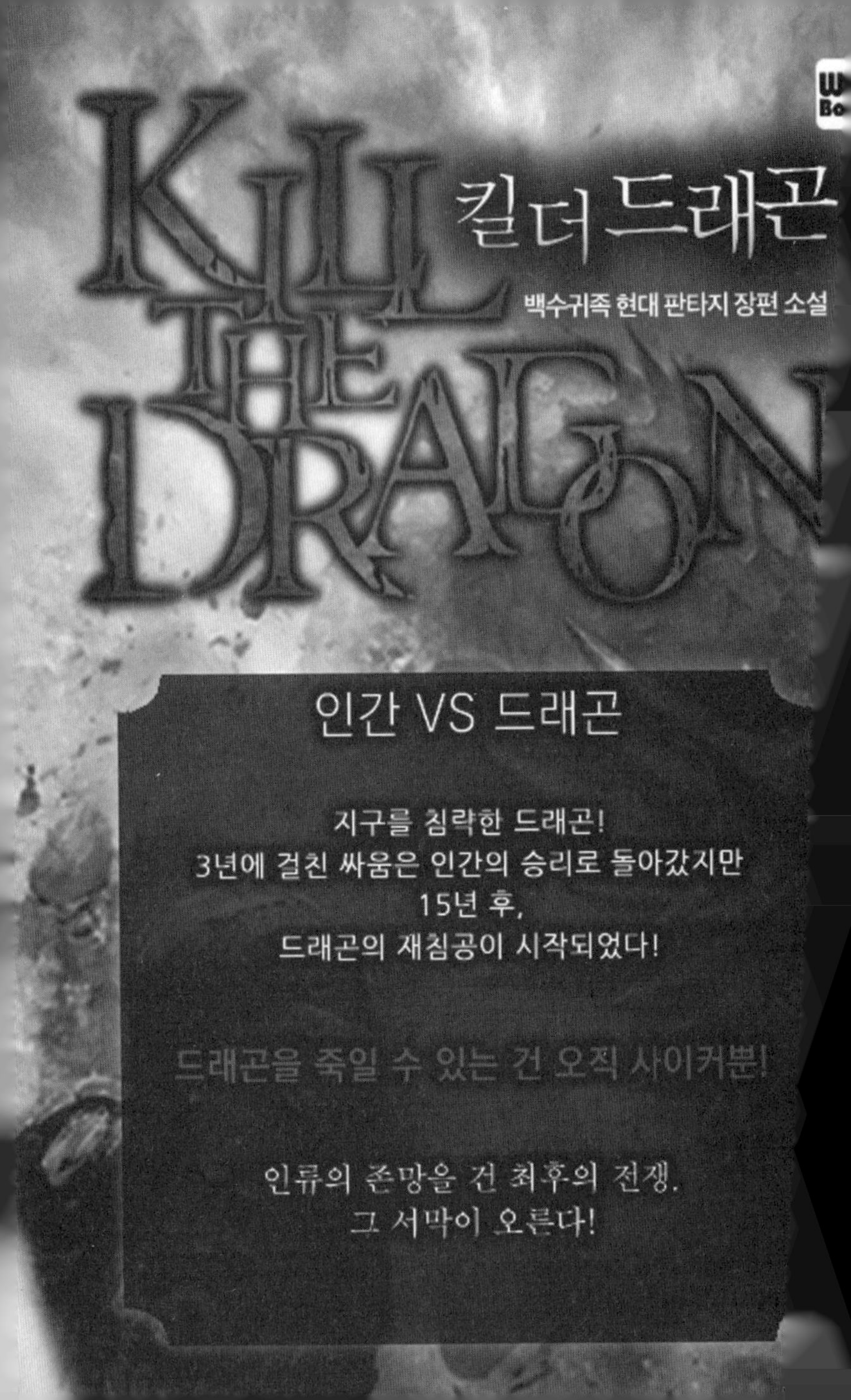
KILL THE DRAGON
킬 더 드래곤
백수귀족 현대 판타지 장편 소설
인간 VS 드래곤
지구를 침략한 드래곤!
3년에 걸친 싸움은 인간의 승리로 돌아갔지만
15년 후,
드래곤의 재침공이 시작되었다!
드래곤을 죽일 수 있는 건 오직 사이커뿐!
인류의 존망을 건 최후의 전쟁.
그 서막이 오른다!

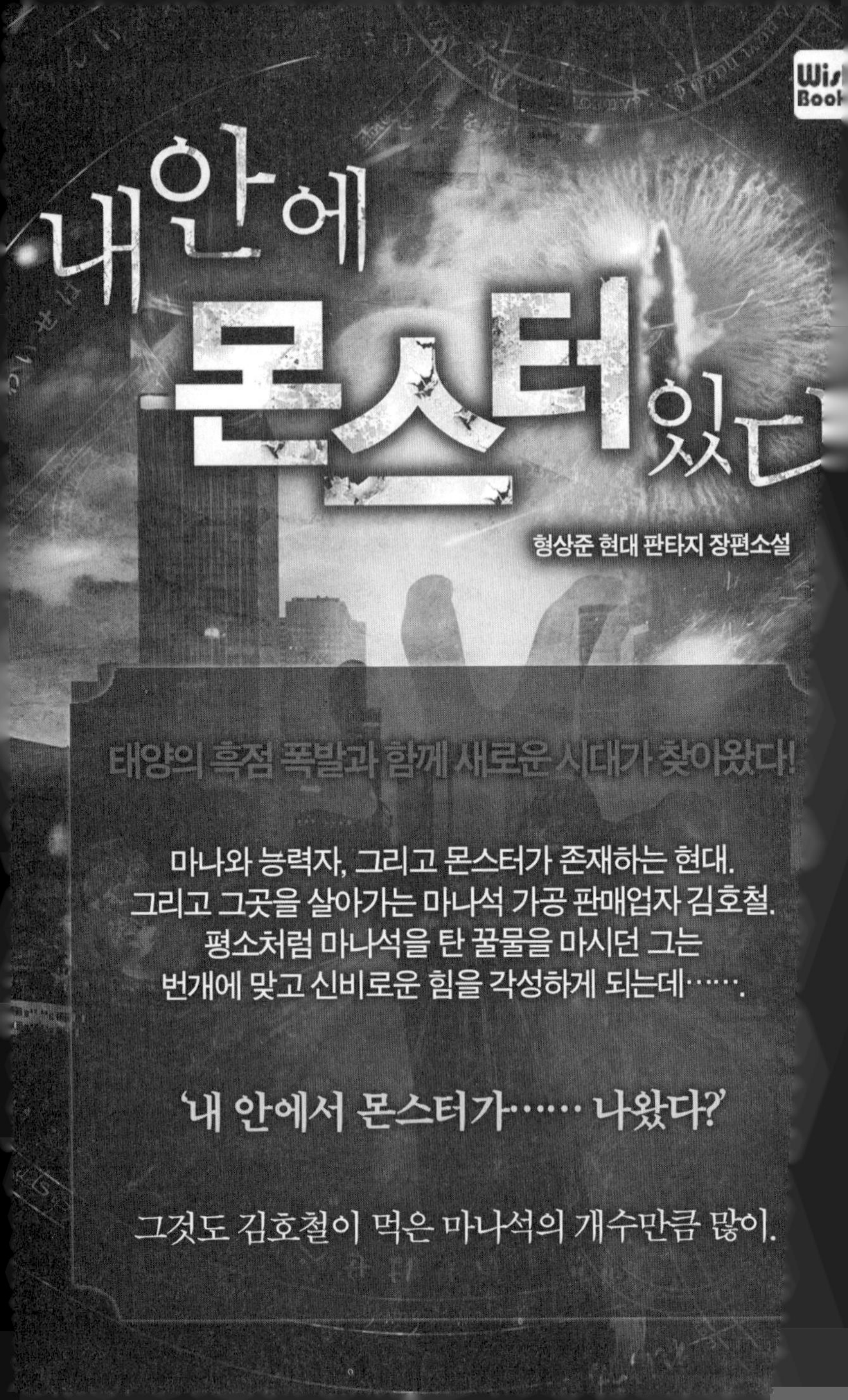
내안에
몬스터있다
형상준 현대 판타지 장편소설
태양의 흑점 폭발과 함께 새로운 시대가 찾아왔다!
마나와 능력자, 그리고 몬스터가 존재하는 현대.
그리고 그곳을 살아가는 마나석 가공 판매업자 김호철.
평소처럼 마나석을 탄 꿀물을 마시던 그는
번개에 맞고 신비로운 힘을 각성하게 되는데…….
'내 안에서 몬스터가…… 나왔다?'
그것도 김호철이 먹은 마나석의 개수만큼 많이.